“985”高校规划教材

标准能力进阶

《新编基础日本语》自学指导

（一、二）

主　编　魏金美　谷肖梅
　　　　陆薇薇　刘克华

东南大学出版社
·南京·

图书在版编目(CIP)数据

《新编基础日本语》自学指导(一、二)/魏金美,谷肖梅,陆薇薇主编. —南京:东南大学出版社,2009.9
ISBN 978-7-5641-1864-8

Ⅰ.新… Ⅱ.①魏…②谷…③陆… Ⅲ.日语—自学参考资料 Ⅳ.H36

中国版本图书馆 CIP 数据核字(2009)第 165725 号

《新编基础日本语》自学指导(一、二)

著　　者	刘克华　陆薇薇等	责任编辑	刘　坚
电　　话	(025)83793329/83362442(传真)	电子邮件	liu-jian@seu.edu.cn

出版发行	东南大学出版社	出版人	江 汉
社　　址	南京市四牌楼 2 号	邮　编	210096
销售电话	(025)83793191/57711295(传真)		
网　　址	http://press.seu.edu.cn	电子邮件	press@seu.edu.cn

经　　销	全国各地新华书店	印　刷	江苏兴化印刷有限公司
开　　本	700 mm×1000 mm　1/16	印　张	9.75　　字　数　191 千
印　　数	1—5000 册		
版　　次	2009 年 9 月第 1 版　　2009 年 9 月第 1 次印刷		
书　　号	ISBN 978-7-5641-1864-8		
定　　价	18.00 元		

前　　言

　　《基础日本语》(上)(下)》系列教材自 2001 年问世以来,已印刷十多次,受到广大使用者的一致好评,其课程设计理念、内容选材、练习设置等均自具特色,受到许多读者的好评并被选用。

　　不可否认的是,《基础日本语》(上)(下)》系列教材自酝酿至出版以来历时逾十年,期间无论是日语语言还是日语教育的理论和实践都有了很大的发展和变化,《基础日本语》(上)(下)》系列教材也需要契合时代的需求进行修订。

　　《新编基础日本语》(一)(二)》系列教材正是基于这样的背景和初衷,在充分总结原《基础日本语》(上)(下)》系列教材使用多年的经验和基础之上,保留了原教材的长处,吸收各种优秀教材的先进编写理念,并运用了较为先进的语言教学理论与实践,由富有经验的中日教学专家精心编写而成的。同原版教材相比,新版教材之“新”主要在于:

　　1. 针对原教材中难度递增不均衡的现象,增补、删改、调整了大部分课文使之在结构上更合理、易学。

　　2. 对原教材中的语法解说进行了增补、调整,使之更循序渐进。

　　3. 严格按照教学大纲和初学者的学习规律,重新编列每一课的词汇表。

　　4. 每一册书的总课数增加至 25 课,更加符合教学规律的要求。

　　5. 每一课后增加了小知识,作为对语言学习的文化知识补充。

　　6. 每一课课后练习增加练习量,增设听力练习;每 5 课设置一个单元练习,更加方便教学检查和学习者自测。

　　7. 第一册前 15 课为基础学习阶段,课文、语法解说汉字全部注音,后 10 课课文中汉字全部注音,句型语法解说中只对较难的汉字注音。

　　《新编基础日本语》(一)(二)》按照日本语能力测试的级别来设定各分册,第一册大约相当于日本语能力测试的 3 级,第二册相当于 2 级,依此类推。每一册书后附有光盘,光盘内容为课文录音和试题库。

　　本书为《新编基础日本语》(一、二册)的自学辅导书,主要内容为课文译文和练习答案,以方便教学和自学。

　　由于编者水平有限,书中错误、不当之处在所难免,敬请读者批评指正。

编　者
2009 年 9 月

目　录

第一册

课文译文

第1课　清音　浊音　半浊音

略

第2课　长音　促音　拗音

略

第3课　请多关照

　　我是田中。你姓张。那位女士是山田。我不是中国人。我是日本人。小张是中国人。小张是东南大学日语系的学生。山田也是日本人。山田是我的朋友。山田是东南大学的留学生。

　　这是掌上游戏机。那是收音机。那是收录机。那是朋友的收录机。

会 话 (1)

山田：初次见面。

张　：初次见面。

山田：我是山田。

张　：我姓张。

山田：请多关照！

张　：彼此彼此。请多关照！

山田：小张，这位是田中。我的朋友。

田中：我是田中。请多关照！

山田：这位是小张。小张也是我的朋友。

张　：我是小张。请多关照！田中，你是公司职员吗？

田中：不是。我是留学生，是东南大学的留学生。小张你呢？

张　：我也是东南大学的学生，是日语专业的大一学生。

田中：哪一位是日语系的李老师？

张　：那一位是李老师。

会 话 (2)

山田：这是什么？

田中：这是收音机。

山田：那是什么？

田中：那是掌上游戏机。

山田：哪一个是收录机？

田中：那是收录机。那不是我的，是朋友的收录机。

3

第4课 这里是我的房间

这边是宿舍。那边是食堂。再那边是教室。这里是我的房间。房间里有书桌、床和柜子。桌上有包和电话。书桌前有一把椅子。椅子下面有一只猫。那是我的猫,名字叫小白。

会 话 (1)

田中:书包里有什么?

李　:有书和圆珠笔。

田中:房间里有床吗?

李　:是的,有一张床。

田中:衣服放在哪里?

李　:衣服放在柜子里。

田中:柜子在哪儿呢?

李　:在门后。

田中:抽屉里面有苹果、桔子、香蕉等呢!有几个苹果?

李　:一、二、三、……十一,有十一个苹果。

田中:有多少个桔子?

李　:一、二、三、……二十一,桔子有二十一个。尝一个怎么样?

田中:谢谢。香蕉有几只?

李　:香蕉只有一只。

田中:也有梨子吗?

李　:不,没有梨子。

会 话 （2）

张　　：山田的房间在哪里？

山田：在我房间的对面。

张　　：里面现在有人吗？

山田：不，现在一个人也没有。

张　　：小李在哪里呢？

山田：在教室。

张　　：田中也在教室吗？

山田：不，田中不在教室。他现在在图书馆里。

张　　：体育馆里有人吗？

山田：是的，有人。

张　　：谁在那儿？

山田：篮球队的人在那儿。

第 5 课　昨天是星期天

山田每天早上 6 点起床。6 点半吃早饭。上午 8 点到下午 4 点在学校学习。下午 5 点到 7 点打两个小时的工。10 点半开始跑步 30 分钟。11 点睡觉。9 月 9 号是山田的生日。9 月 9 号是星期一。学校有课，不休息。

会 话 （1）

张　：今天星期几？

山田：今天星期一。昨天是星期天。休息天。明天是星期二。

张　：学校星期几到星期几有课呢？

山田：星期一、二、三、四、五有课。星期六、星期天休息。

张　：今天是几月几号？

山田：今天是 9 月 10 号。昨天是 9 月 9 号！

张　：是什么特别的日子吗？

山田：是我的生日。但是没有放假。你的生日是什么时候？

张　：是 8 月 20 日。

山田：现在几点？

张　：现在 9 点。

现在 9 点 5 分。9 点过 5 分。

现在 9 点 30 分。准 9 点半。

现在 9 点 55 分。10 点差 5 分。

会 话 （2）

一天的日程

山田：早上好！

张　：早上好！

山田：今天几点开始上课？

张　：8 点开始。你呢？

山田：我也是 8 点开始。4 点以前在学校里。

张　：（4 点以后）要干什么？

山田：要打工。

张　：啊，打什么工？

山田：做两个小时的日语会话教师。

张　：好辛苦！

山田：小张你呢？上完课干什么？

张　：玩玩电脑。然后，跑步 30 分钟。11 点睡觉。

山田：真好！我也和你一块儿跑步吧？

张　：好啊！请一定来。呀！到时间了。回见！

山田：回头见！

第6课　到学校去

小张昨天回家去了。吃了很多母亲做的菜，没有学习。小张现在去学校。乘汽车去。和朋友一起去。山田来自日本。从日本到上海乘飞机要两个半小时。日本离中国很近。山田再过半年就回国。首先乘火车去上海。然后再乘飞机去东京。

会　话　（1）

山田：小张，你去哪儿？

张　：我去学校。今天有电脑课。

山田：你昨天到哪儿去了？

张　：我回家了。吃了很多妈妈做的好吃的菜，却没有好好学习。山田，你这会儿也是去学校吗？

山田：不，我不去学校，而是去工作。

张　：乘公交车去？还是乘出租车去？

山田:乘公交车去。你也乘公交车吗?

张　:不,我走着去。你什么时候回国?

山田:再过半年就会回去。

张　:一个人回去吗?

山田:不,和朋友一起回去。

张　:乘什么(交通工具)回去呢?

山田:先乘火车到上海,然后乘飞机到东京。

张　:从上海到东京要多长时间?

山田:大约两个半小时。

张　:真快!从南京到上海还要用四、五个小时呢!

山田:可不是!日本离中国真近,不是吗?

会　话（2）

张　:你好,山田!

山田:你好,小张! 你这是从哪儿来?

张　:我从家里来。(回去)吃母亲亲手烧的菜了。

山田:太让人羡慕了!

张　:下次请和我一起回去吧。

山田:我一定去。

张　:山田你这是去哪里呢?

山田:我要去汽车站。再见了!

张　:一会儿见!

……

山田　:对不起,到东南大学(下车)多少钱(一张票)。

售票员:2元一张。

山田　:谢谢!

第7课　天气好

昨天天气很好。虽然有些冷，但是风不大。小张和田中骑自行车去了动物园。动物园里有大象和可爱的小狗等。

小张和田中都喜欢动物。小张喜欢长颈鹿和大象。比起狗来，更喜欢猫，但是讨厌虫子。田中喜欢狗，并不讨厌虫子，但是讨厌蟑螂。

会　话　(1)

田中：小张你喜欢动物吗？

张　：是的，我喜欢长颈鹿。但是因为大象的鼻子长，我更喜欢大象。田中你也喜欢动物吧。

田中：是的，我喜欢狗。

张　：比起狗来，我更喜欢猫，很讨厌虫子。

田中：为什么呢？

张　：感觉很恶心。田中你呢？

田中：对我来说没有什么讨厌的东西。虫子也有优点，我并不讨厌。

张　：那蟑螂呢？

田中：讨厌。

会　话　(2)

张：呀！小李，好久不见了。你好吗？

李：是的，很好。请这边来。喝点咖啡怎么样？

张：啊，谢谢。那我就不客气了，这咖啡真好喝!

李：日语学得怎么样?

张：这个嘛，虽然很难，不过，很有意思。

李：日语的语法学习很难吧。

张：但是语法很有意思。我喜欢。

李：这样啊，我很讨厌的，虽然喜欢汉字。

张：嗯，这样啊。我不喜欢汉字。

……

张：今天真是给你添麻烦了。

李：我玩得很愉快。欢迎再来!

会　话　(3)

张　：喂! 是田中吗? 我是小张。

田中：啊! 小张! 你好。

张　：明天有空吗?

田中：有空。

张　：那么，一块儿去看电影吧!

田中：好啊。在哪儿见面?

张　：3点在车站见面吧!

田中：知道了。

张　：那么，明天见!

第8课 昨天去了海边

日本位于温带。拥有四季。春天温暖,雨水多。夏天炎热,星星很漂亮。秋天凉爽,食欲旺盛。冬天寒冷,会下雪。

在日本,北海道最寒冷。但是,北极更冷。北极比北海道要冷很多。北极是世界上最寒冷的地方。

今天天气很好。昨天天气也很好。前天天气不好。下雨了,风也很大。明天也许是个好天吧。

会 话 （1）

男:昨天我去了海边呢。

女:啊,真好。但是人很多吧?

男:是的,早上没什么人,但是从中午开始来了很多人,真够呛。

女:天气怎么样?

男:嗯,上午是阴天,挺冷的,下午开始就变成好天了。

女:那真是太好了。

男:不过,上周的修学旅行怎么样?

女:很愉快啊。

男:听说那边雨水多,风也很大。

女:不是的,虽说没有晴天,但是没下雨,也没刮风,很幸运。

男:这样啊,那真是太好了。

课文译文及答案

会 话 （2）

小林在给田中打电话

田中：你好，我是田中。

小林：我是小林，你好吗？

田中：我很好。

小林：明天去你那里，那边还热吗？

田中：不热了，白天凉爽，晚上变得很冷。

小林：那么我要带毛衣了。

第 9 课　我唱歌很好

田中的爱好是体育。任何体育他都喜欢。在体育运动中，他最喜欢棒球。
山田非常喜欢卡拉 OK。山田歌唱得很好。但是，她不喜欢古典音乐。
田中现在想要字典。另外，他想早日自立，所以想要一份工作。
小张英语很好，他能独自去美国旅行。但是，他一点儿也不会法语。日语
只会一点。

会 话 （1）

张　：你的爱好是什么？

田中：我喜欢运动、音乐、读书和旅行。

张　：你喜欢什么样的运动？

田中：我最喜欢棒球。

12

张　：有没有不喜欢的运动？

田中：没有。任何运动我都喜欢。

张　：山田，音乐之中你哪项比较强？

山田：我歌唱得好，特别喜欢（唱歌）。我每周唱一次卡拉 OK。

张　：古典音乐怎样？（喜欢吗？）

山田：我对古典音乐不太在行。你懂英语吗？

张　：是的，懂。

山田：懂到什么程度？

张　：稍微懂点。我可以独自去美国旅行。

山田：你也懂法语吗？

张　：法语我一点也不懂。

山田：你日语也很好吗？

张　：不、不，日语只懂一点，正在学着。田中，你现在有没有想要的东西？

田中：有。我想要英语辞典。

张　：其他还想要什么？

田中：其他就什么也不想要了。

张　：现在想做什么事？

田中：我想工作。

张　：为什么？

田中：我想早些自立。

会　话　（2）

山田：天气多好！要不要出去走走？

张　：好哇！去吧！

……

山田/张：我们出去了！

田中：早去早回！

......

山田:真热啊！我渴了。我想喝可乐了。

张　：我肚子饿了。想吃点什么了。

山田:我们到那家餐馆去吧?

张　:好,就这么办。

......

山田/张:我们回来了!

田中:回来啦! 外面怎么样?

山田:好极了!

张　:饭菜也好吃得很!

第10课　每天都要学习

我们是学生,所以每天必须学习。即使没有课,每天也要做练习。并不是每天都有课,所以休息天打工。另外,每天要打扫房间。每周要打一次电话给男(女)朋友。每月要写一篇作文。

教室里禁烟,所以请不要在教室抽烟。明天事多,所以不休息。

最好不要喝生水,请喝茶。每天不看电视不要紧,不学习不行。

会　话　(1)

a:你每天做什么?

b:因为我是学生,我每天都得去学校。星期六和星期天要去公司打工。

a:真辛苦。你走着去公司吗?

b:公司离学校远,所以必须乘公共汽车。

a：每天还得上日语课吧？

b：日语课不是每天有，不过，每天要练习两个小时。

a：其他还必须做些什么事呢？

b：每天要打扫一次房间吧？每周要给女（男）朋友打个电话吧？每月要写一篇作文吧？要做的事很多。

a：多好的打火机！你喜欢吸烟吗？

b：抽不抽烟无所谓，（要抽也就）一天一根左右吧！

a：我现在想抽一根。

b：不可以。请不要在这里抽烟。教室里禁烟。

a：明天我想休息一天。

b：因为明天会很忙，最好不要请假。

a：我渴了，我想喝自来水！

b：最好不要喝生水。我来泡茶，请喝茶。

会　话　（2）

在　邮　局

张　：对不起，请问这封信寄到中国要多少钱？

职员：90 日元。

张　：另外，这箱东西我想寄到美国去。

职员：航空件还是航海件？

张　：请寄快一点的。

职员：那最好寄航空件。2700 日元。

张　：呀！钱不够！航海件是多少钱呢？

职员：1200 日元。

张　：那么，请寄航海件吧！

　　　要多长时间？

职员：两个星期就到。

张　：给您添麻烦了。

职员：没关系！非常感谢！

第 11 课　请把字典借给我

　　山田把字典借给了田中。还把笔也借给了他。因为田中正在给他母亲写信，有个字不会写，正感到为难。

　　田中来自于东京。他父亲在一家公司工作，母亲在家，做家务。母亲每天很早起来，做早饭。等父亲、孩子们都出门后，母亲要带小狗"小白"去散步。下午她有时会去做些义工。今天她就带"小白"一起去了老人之家，帮老人们做了些事。每天过得很充实。不过，孩子们都还没有结婚。这事令她很担心。

会　话　（1）

田中：对不起，请把字典借我用一下。

山田：好的。查什么啊？

田中：我正在写信，但是（有些）字不会写，真头疼。另外，我可以用一下这支笔吗？

山田：请用，请用。

田中：你那支圆珠笔也很可爱哎。可以借给我吗？

山田：可惜没笔芯了。

田中：你可别扔啊。给我吧！

山田：那可不行！因为这上面有我喜欢的动画人物，是我的重要珍藏品之一。

会 话 （2）

在相机店

店员：欢迎光临！

张 ：嗯……，请给我看看那架相机。

店员：请看。

张 ：真是好相机，有点贵。有没有再便宜一点的？

店员：您看这架如何？3万元。

张 ：嗯嗯……。这样啊。对不起，我以后再来。

会 话 （3）

家 族

张 ：田中，你结婚了吗？

田中：还没有。我和父母一起住。

张 ：你有几个兄弟姐妹呢？

田中：我有两个姐姐。

张 ：你姐姐多大了？

田中：大姐25岁，在银行工作。二姐24岁，在研究生院学习。

第12课　天转冷之前,让我们去公园玩一次

　　天逐渐冷了。比夏天时,要多穿很多衣服。这一点我不喜欢。不过,红叶会漂亮起来。因为日本冬天雪多,所以跟雪有关的体育运动很盛行。节假日的时候,各家滑雪场都挤满了年轻人和全家出来玩的人。而且我还喜欢下雪,我想赶快去滑雪。

　　山田和我一样,喜欢吃,但不会烧。我们会的只是把鸡蛋和蔬菜夹在面包里,做成三明治而已。

会　话　（1）

山田:天变冷了,马上就是冬天了!

李　:是啊! 我们打开暖炉,让房间暖和一点吧。

山田:我讨厌天冷! 因为必须穿很多衣服。

李　:但是,枫叶会很好看的,色彩会变得很鲜艳的。

山田:一起去吧?

李　:好呀! 下雪之前,去看一次!

山田:南京冬天下雪吗?

李　:有时下,但是不大积雪。

山田:那么没法滑雪喽?

李　:滑不成! 不到东北去,没法滑雪。在日本冬天里都玩些什么?

山田:有很多,不过因为雪多,所以与雪有关的运动较为流行。最近流行雪
　　　上滑板运动。

李　:你也常去滑雪吗?

山田：不好意思地说，我在雪上连站都站不起来，每次都是看看小说，等着
　　　大家回来。

李　：山田，你来南京有多长时间了？

山田：马上就有半年了。

李　：对中国习惯了吗？

山田：其他还好，我就是不能适应中国人的早起。

李　：饮食方面怎么样？

山田：没问题。我喜欢中国菜肴。

李　：偶尔自己做饭吗？

山田：不做。我喜欢吃，但不会做。

李　：和我一样嘛！不过，我会炒鸡蛋。

山田：这谁不会！我还会做色拉呢！

李　：干脆，下次你到我房间来做菜吧！我炒鸡蛋，你切蔬菜，我们可以合
　　　做一个三明治。

会 话（2）

生　病

山田：小张！

张　：什么事？

山田：对不起！我想要点药，你有吗？

张　：你怎么了？

山田：我受凉了，嗓子疼。

张　：发烧吗？

山田：有点儿。

张　：这怎么行！药可不能乱吃。一起去医院吧！

山田：麻烦您了！真是帮了大忙了！

在医院里

医生：你就是山田吧？你哪里不舒服？

山田：喉咙疼，发烧。

医生：来来，让我看看。……你是伤风了。我开给你3天的药，3天后请再来一次。

山田：他能上课吗？

医生：最好别上课。把房间升温后，好好卧床休息。

……

护士：山田，这是你的药。这种药一天三次、饭前服。这种药早晚饭后各服一次。这种药每晚睡前服一粒。

山田：我知道了。

护士：那么，请多保重！

第13课　我去过长城

　　山田去过长城。是在到北京出席了留学生演讲比赛后去的。回到学校后，对小张谈了感想。他说："太好了！太令人感动了！"他还说，看到长城，感觉到了某种历史厚重感。另外，把纪念品钥匙圈送给小张，还给了小张一些建议。

　　小张因为考试在即，又要复习，又要复印同学的笔记，非常忙。平时，上完课，他或者上网，或者干些感兴趣的事，没怎么学习，可是这会儿，他感到："今后应该多学习一点啊。"

　　考试的季节总是很讨厌：要么很冷，要么就下雨。小张他们总想，赶快考完试，放寒假就好了！

会 话 （1）

张　：好久不见！上哪儿去了？

山田：到北京去了一趟。

张　：是嘛！是去旅游吗？

山田：有一个留学生演讲比赛。我去开完会后，去了长城。

张　：感觉怎样？

山田：好极了！令人感动！那种雄伟和历史性厚重感真是名不虚传。

张　：所以能成为人类文化遗产嘛！

山田：你去过吗？

张　：去过。我正在考虑再去一次。

山田：还是寒假时去比较好。我（去的时候）时间太紧，没能细看。

张　：是啊！这会儿还是集中精力学习比较好。

山田：马上就要期末考试了。最近忙起来了吧？

张　：是的。每天又是看书，又是抄笔记，真是忙得晕头转向的。

山田：（看来）平时应该多花些时间在学习上。

张　：的确如此啊。

山田：这是纪念品，是个钥匙圈。我拿到两个，送你一个。

张　：啊！可以收下吗？很派头嘛！谢了！

山田：这是旅行社送的。我觉得做工相当不错。

张　：我这就用。

会 话 （2）

生日礼物

张　：生日愉快！

田中：谢谢！

张　：这是一条丝织领带。是礼物。

田中：给我的吗？谢谢！可以打开吗？

张　：当然可以！

田中：哇！瞧这图案多美！太开心了。

张　：太好了。请用起来。

……

山田：这条领带真好！

田中：这个吗？过生日时小张给的。

第14课　我想学茶道

我想学茶道。品茶的风俗是从中国传入的。从前，日本的僧侣们为了学习佛教来到了中国。当时他们想在日本栽培（茶树），就把茶叶和茶树种子带回了日本，茶就这样推广到了整个日本。起初，茶被当作是药，是为健康才喝的。后来各种仪式固定下来，注重精神世界，形成了日本独特的茶道文化。我打算以茶道作为毕业论文的题目。从中国传来的品茶风俗是如何发展成为日本独特的茶道文化的呢？我想探寻一下这段历史。另外也想学习学习和服的穿法。但我不打算成为一名茶道老师，只是想通过学习茶道来理解日本的精神。

会　话　(1)

在山田家里

山田：小李你学了多长时间日语？

李　：我只学了半年。

山田：还打算学多长时间？

李　：还想学四个月左右。

山田：学了日语以后打算干什么？

李　：我想去日本。

山田：你去日本打算干什么？

李　：我打算去日本学习。

山田：打算学什么？

李　：想学建筑。

山田：是打算进大学学吗？

李　：那当然了。

山田：打算上哪所大学？

李　：还没定呢。

山田：在大学学了建筑以后，打算将来干什么？是不是打算将来在公司工作？

李　：不，不打算在公司工作。

山田：那么，准备进研究所？

李　：不，我想回国工作，并不想进研究所。

山田：你准备在日本呆多长时间？

李　：我想尽可能地长久一些。

山田：在日本，大学本科四年，硕士两年，博士三年，小李你准备读完博士吗？

李　：是的，我已经大学毕业了，所以，准备进入日本的研究生院。我既想读硕士，又想读博士。不过，我想先在日本呆两年左右。

山田：两年以后打算怎么办？

李　：看当时的情况再作决定。

会 话 （2）

去小张家拜访

山田：对不起！（我来拜访了。）

张　 ：欢迎欢迎！请进！

山田：对不起了。（我进来了。）

……

母亲：这是手工包的水饺。吃过水饺吗？

山田：没有。这是第一次。我不客气了！……真好吃！

母亲：请多吃一点。

……

山田：已经9点了。我该回去了。今天真是打扰了。

第15课　我会说日语

在日本迎来了第一个寒假。我和其他留学生一起，去了滑雪场，在那儿呆了三天两夜。

听说那个滑雪场是新建好的。人又少，设备又齐全，是一个很好的滑雪场。第一次穿上滑雪鞋的我行走都很困难，真感到为难。过了一会儿就慢慢的习惯了。

我们两个人两个人地乘坐升降电缆车爬到上面去。我根本就不会滑，在一旁看了一会儿。但是，光看是不能够掌握滑雪的，所以我也大胆地滑起来。一开始，因为不会停，摔了好多跟头。但是因为我能够比较好地掌握平衡，所以很快就学会了。

第二天,我们一大早就去了滑雪场。我那天比前一天滑得好多了。想去哪儿就可以去哪儿,能够自由地滑了。

在外三天两夜的滑雪旅行,转眼之间就过去了。总觉得好像没有滑够似的,还想滑。明年冬天我一定再去滑一次。

会　话

在小李的房间

田中:小李,你会日语吗?

李　:是的,我会一点。

田中:学了多长时间?

李　:只学了六个月。

田中:你的英语怎么样?

李　:英语阅读还可以,不太会说。

田中:还会什么其他的外语吗?

李　:除了英语和日语以外,其他什么都不会。

田中:你会说日语吗?

李　:是的,我会。

田中:读和写也都会吗?

李　:会读,但写不好。

田中:不查字典能看懂日文报纸吗?

李　:基本上能看懂,也有看不懂的时候。

田中:会用日语打电话、写信什么的吗?

李　:电话基本上能打,但信写不好。

田中:专业方面怎么样?

李　:刚来的时候,老师讲的课几乎都听不懂,可现在能听懂不少了。

田中:那太好了,文献也能看了吧。

李　:是的。文献里有很多专业词和外来语,开始,我边查字典边看,现在

不用翻字典也能看懂了。

田中：论文也会写了吗？

李　：上次试着写了一次论文，尽是错儿。我想今后要多写，要能够写出正确的文章。

田中：努力吧！我想一定能够写得很好。小李，从这儿既可以看见海，又能听见鸟叫声，你住的地方真不错呀！

李　：是的，是山本先生介绍我住进来的。咱们到海边去散散步吧。

田中：好，走吧。

第16课　铃木太辛苦了

在我的朋友当中，既有东京出生东京长大的人，也有大阪、九州、东北地区的。

高桥是名古屋人，经常说名古屋的方言。松本出生在东京，但听说在他两、三岁的时候因为父亲调动工作而搬到了长崎，他是在那儿长大的。因此，他说话的时候，搀杂着不少九州方言，不过有时还会说些关西方言。前几天，我问了一下，据说他的父母是大阪人。

铃木是福岛县人。听说直到高中一直在家乡。到东京后，为了掌握普通话，吃了不少苦头。

我对日本方言很感兴趣，将来准备专攻这个专业。我记得铃木的高中同学在读博士课程，专业好像是古典文学。据这位老同学说，入学考试相当难。所以，我还不知道能不能上。不过，我想尽自己的最大努力。

会 话

在小李的房间

人物：中野、铃木和小李

李　：铃木今天没来。他从来不轻易缺席，是不是出什么事啦？

中野：听说他妈妈突然生病住院了。

李　：什么病呀？

中野：听说从昨天下午开始突然发起烧来，肚子痛，又吐又拉。

李　：是不是吃什么不好的东西了？

中野：不太清楚，好像是。

李　：是吗？现在情况如何？

中野：好像好些了。

李　：痢疾止住了吗？

中野：好像不拉肚子了。但还是没有食欲，还恶心。

李　：还不能吃一般的食物吧？

中野：是的，好像还不能吃。每天只能吃一些粥之类的软的东西。

李　：是吗？那么，铃木一直在护理他妈妈吧？

中野：是的，因为很危险，所以铃木一直陪护在她身边。

李　：是吗？那可真够呛的。

中野：今天下午没课，咱们一块去探望吧。

李　：行。带点什么去好呢？我对日本情况不太了解，有什么需要注意
　　　的吗？

中野：没有什么。送什么都可以。铃木的妈妈好像挺喜欢花的，带点花呀
　　　什么的不是挺好的吗。她好像挺寂寞的。

李　：那就这么办吧。

中野：听说加藤也住院了。

李　：什么？加藤？加藤不是去爬山了吗？

中野:是的,就是因为去登山,在山上受了伤。听说在爬一个很陡的山坡时
　　　滑倒了,把脚扭伤了。听说脸上、脚上也受了伤。

铃木:真够危险的。

李　:听说当时确实很危险。在下滑的时候,差一点儿掉到山谷里去。

铃木:幸亏没掉下去。

中野:脚崴了,一定很疼吧?

李　:那当然了。以前我脚崴了的时候,肿得很厉害。很疼,站也没法站,
　　　走也不能走。

铃木:那么,看来加藤要治好伤还要很长时间吧?

中野:不太清楚,好像还得一个星期才能出院。

第17课　垃圾的处理

　　垃圾的处理在许多国家都已经成为一个大问题。听说有些国家把垃圾运往外国处理。据说,最近日本关东地区的某个县,把垃圾运往东北地区请求帮助处理。但协商进展得不顺利,问题还没有得到解决。特别是聚乙烯和塑料垃圾很难处理,通常是掩埋到地下,而掩埋场所已经接近饱和。

　　"各个家庭产生的垃圾,如果每个人稍加努力和注意就可以减少一些。"最近《广报东京都》刊登了一篇报道这样写到。还有今天的晨报上有一篇报道介绍了北海道的某个小城的情况。他们在扔垃圾时把垃圾分成干电池、厨房垃圾、固体垃圾等六类。干电池扔到市里的几个定点罐中。厨房垃圾处理一下,作为养老院等老人设施的燃料使用。作者还说道:"把垃圾仔细分类起初会觉得很麻烦,但过一段时间就会适应。"

　　像这样,在垃圾的扔法上想办法很重要,但也有必要尽量减少垃圾。买东西必需丢弃包装纸,收到赠品时,漂亮的包装纸中还有盒子呀、罐子等,最终产

生出和里面的东西一样多的垃圾。但现实情况是如果没有漂亮的包装,商品就卖不出去。所以仅靠"每个人的努力"是不够的。如果不改变商品流通体系本身,垃圾问题还是得不到解决。

会 话

(新干线站台)

小林:劳拉,去商店买点盒饭好吗?

劳拉:好,走吧。哎呀,这些盒饭看起来真好吃。

小林:中间那盒好像不错,就要那盒吧。

小林:哎呀,发车的铃声响了。

劳拉:哎呀,不好了,车门就要关上了。快点! 快点!

(车内)

小林:大家一起旅行还是头一次吧。

劳拉:今天真高兴。

小林:其他人看起来也很高兴。

劳拉:你看,阿里他们在兴致勃勃地玩游戏呢。

小林:他们闹得像孩子一样。

马上就要到京都了,准备下车吧。

劳拉:对不起,请帮我把行李从行李架上拿下来吧。

(京都站)

小林:把行李放进寄存箱吧。

劳拉:看样子要下雨了,拿着伞走吧。我们先去什么地方?

小林:去清水寺好吗? 这个季节能看到美丽的红叶。

劳拉:去那儿得多长时间?

小林:从这儿走,大概三十分钟之内能到吧。

(京都市区)

小林:你瞧,坡的两侧有许多商店。清水寺就在那前面。

劳拉：那些穿制服的学生都在买礼物呢。

小林：他们是修学旅行的学生。我们也去看看吧。

（商店里）

劳拉：这么多稀奇玩艺儿。

这个看上去像个盒子，是用来干什么的呢?

小林：那是插花筒，摆花用的。

劳拉：外面贴的是纸吧。

小林：是的。材料大概是和纸。

劳拉：和纸是用什么做的?

小林：是用一种特别的树皮作的。原材料是日本的树。

劳拉：那我买这个。

第18课　佐藤的宿舍

拜访了阔别很久的佐藤。去之前，先给他打了电话。留学生宿舍在大学的附近。他房间的阳台上放着很多花盆，所以很快就找到了。

佐藤的宿舍有两个房间。一个房间里放着桌子、椅子、橱柜等。橱柜里放着餐具。窗户上挂着窗帘。现在，窗户关着。在天气好的日子里，从这可以看到市内的电视塔。

另一个房间里，放着床和书架。书架上摆着很多书。主要是中国的政治、经济、历史方面的，也有小说。桌子上摆满了笔和稿纸。

佐藤好像在写读书报告。我问到"会不会影响你学习啊? 还是先学习吧，今天我就不多坐了。"但他说"没关系的，我基本上写完了。"热情地挽留了我，然后就着迷似地谈起了学习及留学生活。

会 话 （1）

在研究室

教授：下周参观工厂的事,联系得怎么样了?

助手：委托书很早以前就寄出去了。参加的人数确定了,我正要向工厂打电话呢。然后再写信把参加者的姓名、国籍告诉工厂,现在刚刚写完。

教授：哦,是嘛。那中午饭呢?

助手：决定在工厂的食堂吃。也已经拜托过工厂了。

教授：是嘛。可是大家各有喜好……。

助手：那没关系的。到达工厂后,能点菜,所以事先不确定菜单。

教授：辛苦你了。那就拜托了。

会 话 （2）

在 工 厂

总务科长：这个车是新型号的,上个月刚刚开始生产。请看,机器人的手伸出来了,产生了火花,是机器人正在焊接。

林　　：操纵机器人的人在哪儿?

总务科长：那不是人,是电脑。提前告诉电脑工作的顺序,于是,电脑就会按照记忆进行工作。人有时会出现错误,而机器经常会按照计划工作。另外,人一直干同一工作的话就会烦,而机器不会。

黄　　：但是,机器人之类机器也会出故障吧!

总务科长：是的,确实如你说的那样。故障比较少,但是每天使用的话,机器就会损伤。如果就那样不管的话,就会变得很危险。以前差一点就酿成事故了。因此,为了及时发现损伤的地方,(要)经常检查。

黄　　　：检查也是机器人做的吧？

总务科长：确实如你说的那样。我们把这个机器人叫博士。你叫一下试
　　　　　试吧？

黄　　　：拜托你啦。听完你的话，我真想亲眼看看。

总务科长：你一见到，也许会意外地感觉到它是简单的机器吧！啊，来了。
　　　　　脚上是轮子，试着要检查一下这一部分。能用声音回答。试着
　　　　　用键输入这个机器的号码。

机器人　：有没有毛病，还不知道，先检查一下。……检查的结果没有
　　　　　异常。

黄　　　：哎呀，比我的日语还好呢！

教授　　：今天给你添麻烦了，谢谢你的亲切陪同。

总务科长：不用谢。大家辛苦了。

第19课　块头大的运动员被小个子运动员推出（土台）

　　日本相扑运动的有趣之处很多。块头大的运动员被小个子运动员推出（土台）可算是其中之一吧。相扑比赛中，运动员不按体重分级别。虽说不公平，可也因此促使运动员磨练出了各种招数。有时，块头大的运动员被小个子运动员钻进怀中，不待回过神来就被扔到台子外面。有时候，运动员在交手时，冷不丁对方从旁边扑过来，出乎意料地瞬间就定了胜负。有的相扑运动员使用各种技巧，让观众充满期待：接下来会用什么技巧呢？但即使是相扑中固定的技巧，奇招用得太多的话，也会被推崇力量型的相扑观众所厌烦，说失去了格斗项目本来的趣味了。相扑运动员就是在观众的褒贬中成长起来的。

会　话

中村：小林，怎么了？好像不高兴呀。

小林：是的，被父亲批评了。

中村：做什么错事儿？

小林：和哥哥打架，把拉门给弄破了。你好像挺高兴的样子。

中村：是的。今天，因为考试不错，得到了老师的表扬。但是，昨天净是一些烦心事。

小林：发生了什么事？

中村：是昨天被邀请去参加朋友的生日晚会傍晚回家时的事。因为晚了，所以急急忙忙去车站。可由于电车发生了事故，在车站等了三十分钟左右。电车终于来了，很拥挤，又被旁边的人踩了脚。然后在正要下车站的台阶的时候，被背后的人推了一下，摔倒了。

小林：那真是太倒霉了。有没有受伤？

中村：幸好没有。但就快出站的时候，发现车票没了。

小林：丢了吗？

中村：不是，是在电车上与钱包一块被偷走了。

小林：被小偷偷走了？对车站的人说了吗？

中村：是的，去车站办公室对他们说了钱包和票被偷走的事。于是，站里的工作人员马上和警察联系。但警察很长时间都没来。在办公室等了十五分钟左右。

小林：然后怎么样了呢？

中村：终于离开了车站，就要回家的时候，中途又被雨淋了。

小林：这可真是太倒霉了。

第20课　干事让大家出节目助兴

　　全班同学集聚一堂,举行了年终联欢会。这是例行的集体活动。被委以举办重任的干事山田和小罗独出心裁,决定让大家出点什么节目助助兴。觉得出节目很无聊的人不大乐意,但二位干事的热情说服最后使大家都同意了。会让大家出点什么节目呢,很难推测,所以很担心。用抽签来决定谁干什么。抽到模仿节目的,得模仿干事指定的人物的动作和说话。看的人呢,猜一下模仿的是谁。其中有演技很好的,没模仿说话,只靠动作就和原型很像。抽到化装的人们,分别穿上各种服装,扮演各种角色,浑身是汗,但受到了大家的欢呼和鼓掌。蒙上眼睛吃饺子的人呢,把饺子戳到下巴颏上,很是狼狈。

会　话

记者:老师,祝贺你们在柔道大会上取得冠军。

教练:谢谢!

记者:您是如何让队员训练的呢?

教练:开始总是让他们做简单的体操,然后让他们慢跑。

记者:让队员们跑?

教练:是的,给他们规定每天跑四公里。这是为了让腰腿有劲。接着,练习一个小时前一天教的东西。休息十五分钟左右,教三十分钟的新技能。

记者:老师亲自教吗?

教练:大体上是我教。也常常让老队员教新队员。

记者:队员们很快就能记住新的技能吗?

教练：最初让他们坐在地板上看我做，接着讲解腿脚的动作和动作的协调
　　　方法，让他们理解要领，然后让大家站起来实际模仿。

记者：不能马上就会的人也有吧？

教练：是的，让不会的人和会的人结合起来，反复进行动作练习。

记者：是吗？没有讨厌严格训练的人吗？

教练：偶尔也有人说练习太艰苦了。但逐渐适应以后，觉得蛮有意思，说
　　　"再多让我练习练习"。我绝不让队员冒险，所以大家都努力地做。

记者：请问下次的比赛对手是……？

教练：下个月的 10 号，和日本队比赛。

记者：是吗？只剩三个星期了。加油吧！

教练：谢谢。我们一定要取胜。

记者：谢谢您今天接受我们的采访。

第 21 课　日本的古典文艺

　　说到日本的古典文化，就能举出歌舞伎，能，狂言，文乐，落语等。歌舞伎是
日本具有代表性的平民戏剧，可以说是集日本传统文艺之大成。狂言是使用口
语，以滑稽故事为特色的歌舞剧。即使是日本人，只有受过训练的人才能演歌
舞伎，狂言等戏剧，所以可以想象对于外国人来说应该是很难的。但是，就像日
本人能很好演绎莎士比亚的悲剧一样，外国人也应该能深刻理解并表现日本的
文艺精神。特别是歌舞伎和狂言，对于外国人来说，容易理解，粉丝也很多。据
说粉丝中，也有不仅仅止于观赏，实际挑战歌舞伎和狂言的人。日本人认为外
国人绝不可能演绎日本传统技艺，也许可以说这只是他们的一种骄傲。

会 话 （1）

a：好想看电影啊！

b：去看吧。一直很想看吧？

a：啊，你看出来啦？可今天算了吧。还是按照计划去买东西吧。

b：说的也是，你准备买什么？

a：给老公买件衬衫，给自己买件裙子。另外，我女儿一直很想要双运动鞋，要是便宜的话，就给她买双。

b：我家小孩也是，要是没好鞋就不愿去运动俱乐部。要是有好的鞋，我也想买。

a：最近虽然这么冷，但我老公一直逞强说："不冷，不冷。"，就是不愿穿外套。所以，想给他买件厚衬衫。

b：我家那位怕冷，围巾、手套，冬天的装备全上身了。

a：我家那位最讨厌这些小东西了。真拿他没办法。

会 话 （2）

a：欢迎光临！

b：我想换购一部车。

a：您想要什么类型的？

b：内人想要大一点的。

a：那您呢？

b：这个，我是觉得赛车最好，可马上要有孩子了…

a：这样的话，您看这一部怎么样？

第22课　有空的话，就去看看相扑比赛

　　星期日，我要去看相扑比赛。坐国营电车的话，我不知道在哪站下方便，便向田中打听，田中说："浅草桥站方便。不过得走十分钟左右。你要是不愿意走的话，可以坐地铁。"听说如果坐地铁去的话，就在(相扑比赛场馆)旁边停。不过，坐地铁换车太麻烦，所以我还是决定坐国营电车去。田中很喜欢相扑，一有空儿就去看。不去看的时候，肯定要看电视转播。至于电视转播嘛，我看过，但真正的现场比赛一次也没看过。

　　我不知道相扑的胜负是怎样决定的，便去请教田中。据田中说，如果脚出了相扑台就算输，另外，手摸到相扑台或摔倒都算输。而且，相扑的成绩好地位就升高。当然，如果不好就会降级。

　　相扑的票虽然贵但还很畅销。票要是卖完了就糟了，我想还是提前买下的好。

会　话

（学校）

劳拉：老师，有些学习上的事情想跟您商量商量，下午可以吗？

先生：下午有个会议。不过，如果会议结束得早的话，也许会有时间。

劳拉：我晚点儿也无所谓。

先生：那么，会开完了我马上叫你。在我叫你之前请在宿舍里等着。

（老师的房间）

先生：要商量什么事情？

劳拉：是有关汉字的问题。

先生：哦？请坐。

劳拉：至今已学了大约五百个汉字了，可还是不能读报纸。得记多少才能算够呢？

先生：是啊，记上一千五百个左右，大概就够了。

劳拉：一年记那么多可真够呛。

先生：是啊，不过，如果每天坚持做一些书写练习，即使做得很少，坚持下去也是记得住的。再苦也要努力啊。

劳拉：知道了。进了大学之后，还要学习汉字吗？

先生：当然了。如果看不懂专业书，会有麻烦的。尤其是学文科的，必须学习汉字。

劳拉：我的汉语辞典里关于词组的解释不多，怎么办呢？

先生：可以用更大一些的辞典。以后上大学后还能用，（解释）详细的最好了。你看这本怎么样？

劳拉：这本的解释是很详细。

先生：是的，价格稍贵一点，不过很好用的。

劳拉：只要好用，贵一点我也会想买的。在哪里能买到？

先生：我去问问我熟悉的书店。说不定会便宜一点。

劳拉：拜托。

第 23 课　哥哥给了我一本习题集

　　我数学不太好，不懂的时候，总是去请教在上大学的哥哥。请教哥哥之后，头脑就很清醒，就能理解了。因此即使在他忙的时候也会去问。哥哥一般情况下不嫌麻烦，总是耐心给我解释，或者就给我一本自己以前用的习题集，说"你参考一下这个"。吵架时他总说不再教我了，但最后还是教我。所以，我也给哥

哥擦擦皮鞋,熨熨手绢。

　　邻居的奶奶见到我们的样子,说:"兄妹俩的关系这么好,真不错。"我们小的时候,父母工作很忙,邻居的奶奶时常照顾我们。我一个人在家看家时,奶奶经常过来看看,送点点心或亲手做的玩具娃娃什么的。得到的玩具娃娃现在还保存得很好。现在,我们还心存感激,常常送给奶奶一张卡片或小礼物,或者帮助奶奶做一点家务。

会　话

玛利亚:佐藤,你不一同去参加校园节吗?小林信中写道:"讨论会之后,带
　　　　大家参加校园。"

佐藤　:我也想去。不过,很遗憾那天我刚好有点事儿。请你去给日本的
　　　　年轻人好好谈谈你的意见。

玛利亚:好的,不过我对自己的日语水平没有信心。为了到时候不出错,我
　　　　想把演讲好好练练。你能帮我纠正吗?

佐藤　:日语方面的事我非常乐于帮助。

(小林的学校)

小林　:玛利亚,你的发言准备好了吗?

玛利亚:啊,最近佐藤帮我做了练习,可还是有些担心。为了不忘记较难的
　　　　单词,我把它记录下来了。

小林　:以你的日语能力,决不成问题。

玛利亚:哎呀,人真多啊。那边有几家小摊,校园节也做生意吗?

小林　:是的,通过让来客吃饭、买作品等来筹集课外活动的经费。

玛利亚:是吗?那我照张相送给妹妹。我妹妹也是大学生,要是她知道了
　　　　日本大学的情况,会很高兴的。你说呢?

小林　:是呀,可讨论会马上就要开始了。

玛利亚:啊,对不起。等过一会再照相吧。

(讲演之后)

学生　：玛利亚，今天谢谢你了。

玛利亚：不客气，我还要感谢你们让我参加这样一个有意思的讨论会。

学生　：我们做了一些纪念讨论会的 T 恤衫想送给你。

让我们鼓掌欢送玛利亚。

第 24 课　到老师家拜访(给小李的一封信)

小李,听从你的意见,我直接去拜访了老师。事先写信寻问了老师在家的时间。老师马上回了信,说星期六整天都会在家里,于是,我赶忙在上星期六拜访了老师,终于见到了老师。

我给老师带去了一盒你说过好吃的那种点心,老师非常高兴,说:"这是我喜欢的点心。"老师亲自沏了茶,我陪着老师,一起津津有味地吃着。和老师说话的时候,我想起以前和爷爷聊天的情景。

聊了一会后,正在看老师的书法大作的时候,好像有人来了,老师就去了门口。于是就听到"爷爷好",是老师孙子的声音。于是我到门口向老师告辞。老师说"您走了,请再来玩。"小李,谢谢你,多亏了你,我才能够实现我一年多以来的愿望。

会　话

(宿舍)

小林　：玛利亚,什么时候去拜访一下伊藤老师,好吗?

玛利亚：好。去年在校园节上见面的时候,约好要去拜访的。

小林　：老师月底要去东南亚,说是想听听玛利亚的介绍。

玛利亚：那么下周去老师家吧。

（伊藤老师家）

伊藤 ：玛利亚，好久不见了。请坐，请随意一点。玛利亚，你已经习惯这
　　　里的生活了吗？

玛利亚：是的，完全习惯了。刚来日本的时候，还曾经想过家呢。

伊藤 ：刚开始好像大家都这样。

玛利亚：我每次读母亲的来信都掉泪。

伊藤 ：是吗？真不容易呀。

玛利亚：不过，现在想起来都是一种难得的体验。

伊藤 ：校园节上玛利亚的讲演真不错。

小林 ：其他老师好像也很欣赏，都在称赞她。

玛利亚：我那时候紧张了，没有讲好。

伊藤 ：不，正像小林说的那样，好极了。

夫人 ：好了，没什么好东西，请随便吃点吧，

伊藤 ：那么，为你们二位干杯吧。

全体 ：干杯。

玛利亚：这么多东西都是夫人做的吗？

夫人 ：是的，让女儿也帮了一点忙。

玛利亚：夫人和小姐都很会做菜啊……
　　　　谢谢款待。

夫人 ：再吃点吧。

玛利亚：我已经很饱了。已经可以了。

夫人 ：那么就请到那间屋子喝点红茶好吗？

玛利亚：谢谢。

（小林的家）

小林：我回来了。

妹妹：啊，哥哥回来了。今天怎么样？

小林：非常愉快！

妹妹：玛利亚也见到了吗？

小林：是的，她现在很忙。不过看上去精神很好。下次请她来我们家吧！

第25课　宾馆男服务生

　　那是在京都的宾馆的大厅，（我和客人）商谈电视（节目）的时候看到的情景。在服务周到的宾馆入口处，服务生轮流站在门口。一发现有客人（服务生）就立刻小跑到自动门那里，在门打开的同时说"欢迎光临！"，时机掌握得恰到好处。当然服务生的主要工作是带领投宿的客人到前台，登记完后帮客人提行李并引导客人到房间。呆呆得站在那儿的话就不成体统了。

　　当时，入口处站着两名服务生，一名是刚工作不久的、还很年少的少年，另一名则是看起来像是前辈的女性。我看着觉得有意思的是那名像是前辈的女服务生隔着玻璃打量客人的行李，对看似不是住宿的客人，就不上前，只是站在原地鞠躬行礼，说一声"欢迎光临"。

　　来宾馆的客人并不仅仅是住宿的客人，有到娱乐室喝茶的，有来饭店吃饭的，也有一些只是来散步或是来上厕所的无聊的家伙。如果出去迎接所有的客人，也许会累得两腿发硬吧。

会　话　（1）

男：佐川你从年轻的时候就周游世界并写书了，游览各国的名胜还是很开心的吧？

女：是的，去具有历史意义的场所会很感动的。但是其他也有很多值得看的东西。

男：比如说？

女：我在旅游的地方总会到处走走。要说为什么，是因为我想亲身感受那

个国家的人们是如何生活的。

男:这样啊。

女:走一走,看看平民百姓的生活。啊,(看到)这里也有同样的人,过着同样的生活,就会变得开心。

男:以购物为目的的女性也很多。

女:对于女性来说,购物也是很快乐的事。其他的还有吃好吃的食物什么的。但是,我认为最棒的礼物还是用金钱买不到的经验。

男:确实如此。

会 话 (2)

女:您好,这里是铃木商事。

男:啊,那个,我是田中印刷的中川。麻烦你请本田接电话。

女:承蒙关照,本田现在刚好出去了,三点回来,请问是急事吗?

男:是的,有点急。

女:本田回来的话,让他给您打电话好吗?

男:不,我现在在外面。今天不回公司了。

女:这样啊,那么,有什么我能够传达的吗?

男:是啊,我还是想和他面谈,所以麻烦你告诉他我会再给他打电话的。

女:好的,明白了。

男:那么,再见。

女:再见。

第一册

练习答案

第1課

4. ハンカ<u>チ</u>   ステレ<u>オ</u>   アメリ<u>カ</u>

  オ<u>ラ</u>ンダ   ベト<u>ナ</u>ム

  イタ<u>リ</u>ア   カナ<u>ダ</u>   <u>ア</u>フ<u>リ</u>カ

  モ<u>ザン</u>ビーク   ア<u>ラ</u>ビア

第2課

4. シ<u>リ</u>ーズ   ス<u>トー</u>ブ   コー<u>ヒー</u>

  カ<u>レー</u>   セ<u>ミ</u>ナー

  ルーマ<u>ニア</u>   テー<u>プ</u>   ジュー<u>ス</u>

  アー<u>チ</u>   メー<u>ト</u>ル

第3課

2. (1) にほんじん   ちゅうごくじん   りゅうがくせい

  (2) 友達   何   願

  (3) だいがく   かいしゃいん   しんぶん

  (4) ゲームボーイ   ラジカセ   ラジオ

3. (1) なん   (2) だれ   (3) だれの

  (4) これ｜それ｜あれ   (5) どれ   (6) これ

4. (1) は   (2) の   (3) の

  (4) も   (5) か

5. (1) わたしは王です。どうぞ、よろしくおねがいします。

  (2) こちらこそ、よろしくおねがいします。

  (3) こちらは田中です。そちらは山田です。

（4）田中さんは日本人です。山田さんも日本人です。

（5）先生は日本人ではありません。

6. 听力原文

私はりかです。中国南京から来ました。これはラジオです。あれはラジオです。

第 4 課

2.（1）りょう　　　　　へや　　　　　　でんわ

　　　　いす　　　　　　ねこ

（2）名前　　　　　　　後　　　　　　　図書館

　　　勉強　　　　　　東

（3）たんご　　　　　　ゆうえんち　　　しょくどう

　　　にし　　　　　　つくえ

（4）ボールペン　　　　ベッド　　　　　バナナ

　　　ドア　　　　　　バスケット

3.（1）に　が

（2）に　が

（3）に　と　が

（4）に　と　が

（5）は　の　に　か

（6）は　も

4.（1）います

（2）あります

（3）います

（4）います

6.（1）わたしの部屋につくえといすとベッドとたんすがあります。

　　　いすは二つあります。つくえは一つだけあります。

わたしはベッドの上にいません。わたしは机の前にいます。

（2）こんにちは。

（3）さようなら。

（4）ありがとうございます。

7. 35　19　43　89　101　110　762　808

第 5 課

2.（1）にちようび　　　　がっこう　　　　　まいあさ

　　　いっしょ　　　　　かいわ　　　　　　さんじゅっぷんかん

（2）休み　　　　　　　寝　　　　　　　　授業

　　　九日　　　　　　一日

（3）とくべつ　　　　　たんじょうび　　　ごぜん

　　　きょうし

（4）ジョギング　　　　アルバイト　　　　パソコン

　　　スケジュール

3.（1）何時

（2）いつ

（3）何曜日

4. で　の　を　に　に　から　まで　に　が

5.（1）今何時ですか。

（2）あなたの誕生日はいつですか。

　　　わたしの誕生日は10月1日です。

（3）昨日は何曜日でしたか。

　　　日曜日でした。

（4）おはようございます。

（5）では、また。

6. 听力原文

（1）私は毎朝六時に起きます。朝ごはんを食べてから学校へ行きます。

（2）王さんは東南大学日本語学科の学生です。王さんは1990年11月23日の生まれです。今年18歳です。

単元練習一

1. とうなんだいがく　　ともだち　　　　せんせい
　　かいしゃいん　　　　しょうかい　　　ざっし
　　しょくどう　　　　　へや　　　　　　なし
　　たんご　　　　　　　こうえん　　　　ふく
　　き　　　　　　　　　あさごはん　　　おきる
　　じゅぎょう　　　　　ねる　　　　　　ひる
　　いなか　　　　　　　ごぜん

2. 私　　　　　　　　　中国人　　　　　日本語科
　　女　　　　　　　　　人　　　　　　　彼
　　寮　　　　　　　　　電話　　　　　　体育館
　　教室　　　　　　　　鳥　　　　　　　花
　　西　　　　　　　　　教師　　　　　　後
　　年　　　　　　　　　午後　　　　　　一月
　　七日　　　　　　　　夜

3. 1. なん　　　　　2. あれ　　　　　3. なに
　　4. なに　　　　　5. どこ　　　　　6. だれ
　　7. 何日　　　　　8. 何時　　　　　9. いくつ
　　10. 何曜日　　　 11. だれ

4. （1）この本　　　（2）あの建物　　（3）もの
　　（4）○　　　　　（5）あそこ　　　（6）○
　　（7）ここ

第 6 課

3.（1）くに　　　　　　ちそう　　　　　　しゃんはい

　　　なんきん　　　　しごと　　　　　　ひこうき

　　　はやい

　（2）講義　　　　　　歩　　　　　　　　手料理

　　　帰　　　　　　　電車

　（3）ひとり　　　　　とぶ　　　　　　　じんるい

　　　つく

　（4）タクシー　　　　コンピューター　　バス

4. と　へ　まで　で　に　で　に

5.（1）どこ

　（2）なん

　（3）なんじ

　（4）だれ

　（5）どのぐらい

6.（1）私は北京から来ました。

　（2）私は飛行機で来ました。

　（3）友達と公園へ行きました。

　（4）すみません、南京までいくらですか。

　（5）南京から北京までバスで十二時間かかります。

　（6）コーラでも飲みましょう。

7. 听力原文

昨日王さんは李さんと一緒に公園へ行きました。公園は町の南にあります。とても静かなところです。

第 7 課

3. (1) てんき　　　　　あめ　　　　　　　いぬ

　　　はな　　　　　　きもち　　　　　　じゃま

　(2) 元気　　　　　　難　　　　　　　　楽

　　　暇　　　　　　　会

　(3) きりん　　　　　いぬ　　　　　　　むし

　　　ほうもん

　(4) コーヒー　　　　ゴキブリ　　　　　スポーツ

4. は　が　より　の　が　は　が　から

5. (1) おいしかった

　(2) 有名な　高く　きれいな

6. (1) 今日は天気がいいです。

　(2) 北京より南京のほうが暑いです。

　(3) 私は猫と犬があまり好きではありません。

　(4) しかし、私は象が好きです。鼻は長いからです。

　(5) 虫でもよいところがあります。

　(6) しばらくですね。お元気ですか。

　　　はい、元気です。

7. 听力原文

(1) 張さんは四川の人ですから、辛い料理が好きです。

(2) 李さんは犬が好きです、ゴキブリが好きではありません。

第 8 課

3. (1) はる　　　　　　あき　　　　　　　いちばん

　　　しょくよく　　　おうせい　　　　　ほっきょく

(2) 降　　　　　夏　　　　　冬

海　　　　　季節

(3) すずしい　　　じきゅう　　　くもり

ほっかいどう

(4) ラッキー　　　セーター　　　ハレル

シュウガクリョコウ

4. の　で　と　に

5. (1) おいしくてやすい

(2) 雨だった

6. それに　　　　　しかし　　　　　ところで

7. (1) 先週の修学旅行は楽しかったでしょう。

(2) 明日はたぶんいい天気だろう。

(3) 朝はあまり人がいませんでしたが、昼からたくさん来ました。

(4) 王さんは先生に電話をかけます。

(5) 昼は涼しいですが、夜はとても寒くなります。

8. 听力原文

(1) 昨日試験がありました。あまり難しくなかったんですが、簡単では
ありません。

(2) 李さんは会社に勤めています。毎日自転車で会社に通っています、
大変です。

第 9 課

3. (1) うた　　　　　どくしょ　　　　　はや

じしょ　　　　　とくい　　　　　じょうず

(2) 下手　　　　　好　　　　　一人

分　　　　　趣味　　　　　腹

(3) のむ　　　　　はいる　　　　　ならう

51

じりつ　　　　　　　そと　　　　　　　　ほかに

（4）スポーツ　　　　　クラシック　　　　　アメリカ

コーラ　　　　　　　デパート　　　　　　ジュース

スーパー

4．（1）が　が

（2）が　が

（3）へ　を　が　が　しか　ません

（4）が

（5）でも　も

5．（1）私はバスケットが好きです。上手です。

（2）私は日本語はちょっとしかできませんが、英語はぜんぜんわかり
ません。

（3）ほかにはもうなにもほしくないです。

（4）お腹がすきました。何か食べたいです。

（5）コーラを飲みませんか。

はい、飲みましょう。

（6）いってきます。

いっていらっしゃい。

（7）ただいま。

お帰りなさい。

6．听力原文

（1）李さんは英語が<u>上手です</u>が、日本語はあまり上手ではありません、
下手です。

（2）王さんはドイツ語が得意です。フランス語はあまり得意ではありま
せん。日本語は<u>全然できません</u>。

第 10 課

3.（1）そうじ　　　　　　てがみ　　　　　　ゆうびんきょく
　　　　ちゃ　　　　　　　とお　　　　　　　やす
　　　　す
　　（2）酒　　　　　　　　荷物　　　　　　　送
　　　　母　　　　　　　　明日　　　　　　　明日
　　　　季節
　　（3）にもつ　　　　　　かける　　　　　　きんし
　　　　だめ　　　　　　　みず
　　（4）タバコ　　　　　　ライター　　　　　エアメール
　　　　カード

4.（1）　　　　　　　　（2）に　　　　　　　（3）し
　　（4）入ら　　　　　　（5）吸わ　　　　　　（6）に
　　（7）で

5.（1）私は毎日一回図書館へ行かなければなりません。
　　（2）明日は日曜日ですから、仕事に行かなくてもいいです。
　　（3）では、お酒を飲まないでください。
　　（4）それに、タバコを吸わないほうがいいです。
　　（5）すみません。
　　　　大丈夫です。（かまいません。）
　　（6）船便でお願いします。

6. 听力原文

昨日友達とスーパーへ行きました。とても大きいスーパーです。いろいろなものがあります。友達の王さんはカメラを買いました。とてもいいカメラです。

単元練習二

1. | こうぎ | もどる | しごと | でんしゃ |
|---|---|---|---|
| げんき | せ | しゅみ | へた |
| おんがく | りょうり | じりつ | ならう |
| ふゆ | そうじ | てがみ | にもつ |
| みず | おくる | ふなびん | しょくじ |

2. | 月 | 着く | 早い | 訪問 |
|---|---|---|---|
| 馬 | 上手 | 旅行 | 辞書 |
| 薬 | 得意 | 歌 | 秋 |
| 禁止 | 出る | 恋人 | 母 |
| 茶 | 大変 | 一枚 | 酒 |

3. | (1) c | (2) b | (3) d | (4) a |
|---|---|---|---|
| (5) a | (6) a | (7) d | (8) d |
| (9) c | (10) a | (11) c | (12) d |
| (13) d | (14) b | (15) c | (16) c |
| (17) a | (18) b | (19) d | (20) c |

4. | (1) に | (2) で | (3) で | (4) で |
|---|---|---|---|
| (5) で に | (6) に | (7) で | (8) に |
| (9) に | (10) で | (11) に | (12) で |
| (13) に | (14) で | (15) に | |

5. (1) e   (2) c   (3) a   (4) d   (5) b

6. (1) ○   (2) ○   (3) ×   (4) ○   (5) ×

第 11 課

3.（1）じしょ　　　　か　　　　　　か　　　　　　かわい

　　　とうきょう　　かじ　　　　　こども　　　　かぞく

　（2）使　　　　　　散歩　　　　　心配　　　　　姉

　　　勤　　　　　　親　　　　　　働

4.（1）に　　　　　　（2）で　　　　（3）を

5.（1）ここで犬を連れて散歩するのは禁止です。

　（2）カメラを貸していいですか。

　　　いいですよ。何に使いますか。

　（3）私は朝起きてから本を読みます。

　（4）私は時々老人ホームへ行って、老人たちの世話をする。

　（5）兄弟が何人いますか。

　　　兄が一人、妹が一人います。

6. 听力原文

男の人と女の人が話しています。昨日二人で一緒に何をしまし
たか。

男：昨日のテニス、楽しかったんですね。

女：ええ、でも、ちょっと疲れました。

男：僕はあのあと、サッカーをして、夜はみんなで飲みに行きました。

女：元気ですね。私はテニスのあと、買い物をして帰りました。

答案：（1）

第 12 課

3.（1）もみじ　　　　あざ　　　　　ゆき　　　　　わかもの

　　　たまご　　　　のど　　　　　はや

（2）遊　　　　　関係　　　　恥　　　　薬

　　　早起き

4.（1）と　　　　　（2）に　　　　（3）に　　　　（4）の

　　（5）が　　　　　（6）に

5.（1）北京へ万里の長城を見に行きましょう。

　　（2）半年習ってから、私の日本語がだんだん上手になりました。

　　（3）入る前に、まずここでサインしてください。

　　（4）これぐらいのこと、私でもできます。

　　（5）私はちょっと熱があります。

　　（6）それはいけませんね。帰って休んでください。お大事に。

6. 听力原文

男の人と女の人と話しています。男の人は何を買ってきましたか。

男：ただいま、買ってきたよ。

女：はい。ありがとう。あれ？　これ、牛肉じゃない？

男：うん、牛肉だよ。えっ！　豚肉だった？

女：私、鶏肉も頼んだんだけど。

男：えっ、そうだった？

女：そうよ。

（1）牛肉です　　　（2）豚肉です　　　（3）鶏肉です　　　（4）牛乳です

答案：（1）

第 13 課

3.（1）ばんり　　　　ちょうじょう　　しゅっせき　　　ゆうだい

　　　じゅうこう　　いさん　　　　おも　　　　　　い

　　（2）人類　　　　　一度　　　　　写　　　　　　歴史

　　　一　　　　　　　季節

4.（1）くれ　　　　　（2）やっ　　　　（3）あげ　　　　（4）もらっ

5. 勉強した   聞いた   運動し   終わって

    会った   見た   行った   行き

    行った   いい

6. (1) これは父からもらった本です。

   (2) 宿題が終わった後、テレビを見たり、本を読んだりして、寝ました。

   (3) ここで復習したほうがいいと思います。

   (4) お誕生日おめでとうございます。

   (5) ごめんください。

       いらっしゃい。

7. 听力原文

男の人と女の人が会社で話しています。いまどんな天気ですか。

男:おはようございます。寒いですね。

女:ほんとう、天気も悪いですね。雨が降っていますか。

男:いいえ、まだ降っていません。でも、夜から雪ですよ。テレビで言ってました。

(1) 晴れです   (2) 雨です   (3) 曇りです   (4) 雪です

答案：(3)

第 14 課

3. (1) きっさ   ふうしゅう   そうりょ   ぶっきょう

      つた   けんこう   さほう   おも

      どくとく   さどう   きつ   けんちく

      ひろ

   (2) 茶道   仏教   独特   種

      建築   家庭   課程

4. (1) を　と

（2）を　と　に

（3）が　の　か

（4）ために

（5）や　を

5. （1）喫茶の風習は中国から日本に伝わりました。

（2）昔、日本人は茶道を学ぶのために中国に来ました。

（3）茶道の先生になるつもりはありません。

（4）私は茶道を卒業論文のテーマにするつもりです。

6. 听力原文

男の人と女の人が話しています。男の人はどうしますか。

男：木村さん、もう仕事、終わりましたか。

女：いいえ、　まだです。でも、今日はもう疲れたから、帰ります。

男：あのう、映画の切符が二枚あるんですけど、いまから一緒にいきませんか。この切符、今日までなんです。

女：すみません、今日はちょっと。

男：そうですか。残念だな。一人で行きます。

女：すみません。

男：いえいえ。

（1）女の人と仕事をします　　　　（2）一人で仕事をします

（3）女の人と映画を見ます　　　　（4）一人で映画を見ます

答案：（4）

第 15 課

3. （1）すべ　　　にはくみっか　　じゆう　　　よくじつ

　　あさ　　　　はや　　　　　こうぎ

（2）設備　　　　完全　　　　　文献　　　　最初

　　専門語　　　海　　　　　　鳥

4. （1）を　と

　　（2）を　と　に

　　（3）が　の　か

　　（4）しか

5. （1）電気を消さないで部屋から出てきました。

　　（2）日本語はあまり上手ではありません。

　　（3）車を運転することができますか。

　　（4）できるなら、何でもやります。

　　（5）田中さんは音楽を聞きながら、単語を覚えています。

6. 听力原文

男の人と女の人が話しています。服はだれのですか。

女：その服、素敵ですね。

男：ありがとうございます。でも、これ、ぼくのじゃないんです。

女：あら、そうなんですか。じゃ、お兄さんか弟さんのですか。

男：いいえ、父のです。

女：えい？ そうですか。

（1）この男の人のです

（2）この男の人のお父さんのです

（3）この男の人のお兄さんのです

（4）この男の人の弟さんのです

答案：（2）

単元練習三

1. こまる　　　　かぞく　　　　かす　　　　ざんねん

　　せわ　　　　さんぽ　　　　なれる　　　かんけい

　　びょうき　　ぶっか　　　　かんどう　　じゅうこう

　　かんそう　　さしみ　　　　さほう　　　どくとく

でんらい　　　　　ひろまる　　　　せつび　　　　　うんてん

2. 子供　　　　　心配　　　　　銀行　　　　　姉

　　楽　　　　　　大丈夫　　　　小説　　　　　文法

　　失礼　　　　　趣味　　　　　復習　　　　　昔

　　精神　　　　　和服　　　　　風習　　　　　茶道

　　完全　　　　　翌日　　　　　意見　　　　　専門

3. (1) b　　　　　(2) a　　　　　(3) b　　　　　(4) c

　　(5) d　　　　　(6) b　　　　　(7) a　　　　　(8) c

　　(9) d　　　　　(10) b　　　　(11) b　　　　(12) d

　　(13) d　　　　(14) a　　　　(15) d　　　　(16) d

　　(17) c　　　　(18) b　　　　(19) a　　　　(20) c

　　(21) b　　　　(22) b　　　　(23) a　　　　(24) a

　　(25) b　　　　(26) b　　　　(27) d　　　　(28) c

　　(29) b　　　　(30) b

4. (1) 不填　　　　(2) に　　　　(3) 不填　　　　(4) 不填

　　(5) に　　　　　(6) に　　　　(7) 不填　　　　(8) 不填

　　(9) 不填　　　　(10) で　　　(11) 不填　　　(12) に

　　(13) 不填　　　(14) 不填　　　(15) で　　　(16) 不填

5. (1) ×　　(2) ○　　(3) ○　　(4) ×　　(5) ×　　(6) ○

　　(1) ×　　(2) ○　　(3) ○　　(4) ×　　(5) ×

第 16 課

6. (1) かんさい　　　　きょうつうご　　　　にゅうがくしけん

　　　じょうきょう　　　しゅっしん　　　　きょうみ

　　　げり　　　　　　やちん　　　　　　かんびょう

　(2) 東京生　　　　　東京育　　　　　　東北地方

　　　名古屋　　　　　名古屋弁　　　　　転勤

引っ越　　　　　古典文学　　　　　専攻
身　　　　　苦労

7.（1）で　　　　（2）が　　　　（3）か　を　　　　（4）が

（5）に　と　　　（6）で　　　　（7）も　も

8.（1）先生、雨が降ってきたようです。

（2）机の上に本もあるし、鞄もあります。

（3）小林さんはもう帰りましたか。

ええ、帰ったらしいです。

（4）この町には公園らしい公園はありません。

（5）この手紙は大切か大切ではないかわかりません。

6．听力原文

女の人と男の人が話しています。女の人は何人家族ですか。

女：佐藤さんは何人家族ですか。

男：両親と私の三人家族です。飯田さんは?

女：はい、両親と、兄が一人と、姉が一人と私です。

男：ああ、そうですか。

（1）三人家族です　　　　　　　（2）四人家族です

（3）五人家族です　　　　　　　（4）六人家族です

答案:（3）

第 17 課

7.（1）かくかてい　う　　　　　げんかい　　　　　しょうひん

りゅうつうきかん　　　　さわ　　　　　わし

（2）制服　　　弁当　　　　施設　　　　現実

8.（1）で　　　　（2）から　　　（3）で　　　　（4）で

（5）から　　　（6）から

9.（1）私はテニスをするのが好きです。

（2）五月以後は新しい家に移ります。

（3）その瓶はガラスで作りました。

（4）作文は四百字以上六百字以内で書いてください。

（5）彼は町へ行くたびに必ず本屋によっていろいろな本を買う。

（6）この映画はとても面白いそうです。

10. 听力原文

男の人と女の人が学校で話しています。男の人は何枚コピーしますか。

男：先生、このテストの問題は何枚コピーしますか。

女：そうですね。学生は全部で三十人ですが、それより十枚多くコピー
　　してください。

男：わかりました。

（1）十枚　　　　　　　　　　　（2）二十枚

（3）三十枚　　　　　　　　　　（4）四十枚

答案：（4）

第 18 課

4.（1）うえきばち　　とだな　　　　しょっき　　　　げんこう

　　　むちゅう　　　いらいじょう　こくせき　　　　しんがた

　　　にんずう　　　あんがい　　　いじょう　　　　きおく

　　　さぎょう　　　てじゅん

（2）本棚　　　　　主　　　　　　政治　　　　　経済

　　　小説　　　　　留学生活　　　夢中　　　　　作業

　　　手順　　　　　故障　　　　　割合　　　　　案外

　　　機械

6.（1）もう果物を全部紙の中に包みましたか。

　　　いいえ、今から包むところです。

（2）ベルをおした。すると玄関のドアが開いた。

（3）王さんは今電話を掛けているところです。

（4）彼は35歳でなくなってしまった。

（5）お客さんがいらっしゃいますから、部屋を掃除しておきます。

（6）壁に写真がかざってあります。

7. 听力原文

男の人が女の人に部屋を見せています。

女の人はどうしてこの部屋が好きではありませんか。

男：この部屋はどうですか。

女：新しくきれいですね。

男：はい、駅から遠いですけど。

女：それは大丈夫です。でも暗いですね。明るい部屋がいいです
　　けど。

男：じゃ、もう一つ部屋を見に行きますか。ちょっと古いですが、明るい
　　ですよ。

女：はい、お願いします。

（1）駅から遠いですから　　　　　（2）高いからです

（3）古いからです　　　　　　　　（4）暗いからです

答案：（4）

第 19 課

4. りきし　　　　すもう　　　　たいじゅう　　　しんちょう

　　じゅうりょう　けいりょう　　どひょう　　　　いひょう

　　じょうぶ　　　わざ　　　　　いっしゅん　　　かんきゃく

　　ひひょう　　　きばつ　　　　ほんらい　　　　かくとうぎ

　　しょうじ　　　けいかん　　　こひょう

6.（1）力士　　　　観客　　　　　励　　　　　　批評

　　　　成長

　　(2) 棒立ち　　　土俵　　　　　外

　　　　押し出される

　　(3) 日本　　　　相撲　　　　面白味

　　(4) 一瞬　　　　勝負　　　　決

　　(5) 一般　　　　好

7.(1) に　　　　　(2) の　を　　　(3) に　　　　　　(4) を

　　(5) で　も　　　(6) と　　　　(7) で に

8.(1) 家を出ようとすると李さんがやってきた。

　　(2) あの人はうれしそうな顔をしています。

　　(3) 子供はお母さんに薬を飲ませられた。

　　(4) この問題は難しくてなかなかできません。

　　(5) 花瓶が机の上に置かれている。

　　(6) 彼は子供のときに父親に死なれた。

9. 听力原文

男の人が話しています。だれがコンサートに来ましたか。

男1:昨日のコンサートですが、

男2:ええ、なかなかよかったですよ。

男1:やあ、ぼくははじめは行きたくなかったんですけどね。

　　　妹が行くはずだったんですが、都合が悪くて、行けなくなったんで

　　すから。

　　　僕が行かされたんですよ。

(1) 男の人です

(2) 男の人の妹さんです

(3) 男の人と妹さんです

(4) 男の人も妹さんも行きませんでした。

答案:(1)

第 20 課

5.（1）ぼうねんかい　　　　　　こうれい　　　　かんじ

　　しゅこう　　よきょう　　せっとく　　　　けんとう

　　まね　　　じんぶつ　　ほうふつ　　　　かそう

　　いしょう

（2）忘年会　　　　幹事　　　　全員　　　　　余興

　　拍手喝采　　　厳　　　　　練習

6.（1）靴を履いたまま、家に入らないでくれ。

　（2）たまにお茶を飲みに行きます。

　（3）親を悲しませるようなことをしてはいけない。

　（4）子供を一人で旅行に行かせるのは危険だ。

　（5）私は娘に料理を作らせた。

7. 听力原文

ホテルのテレビがつきません。どうしてですか。

女：あれ、このテレビがつかない。変だな。

男：そのボタンをしたら、つかーない?

女：でも、押してもつかないのよ。

男：じゃあ、電気がきてないのかな。

女：それも見たんだけど。

男：変だな、しようがない。ああ、ここに百円入れなくちゃ。

女：ああ、なんだ。

（1）ボタンを押さなかったからです

（2）電気がきていなかったからです

（3）故障していたからです

（4）お金を入れなかったからです。

答案：(4)

単元練習四

1. きょうみ　　　　ちほう　　　　　かんびょう　　　おくれる
   くろう　　　　　ばいてん　　　　しせつ　　　　　とうしょ
   さぎょう　　　　しょっき　　　　めいぼ　　　　　きおく
   しょうぶ　　　　きらう　　　　　このむ　　　　　しょうたい
   えんぎ　　　　　しめす　　　　　せっとく　　　　かっさい

2. 方言　　　　　　出身　　　　　　家賃　　　　　　限界
   地中　　　　　　結局　　　　　　制服　　　　　　修学旅行
   手順　　　　　　夢中　　　　　　国籍　　　　　　部分
   観客　　　　　　本来　　　　　　歴史　　　　　　体重
   人物　　　　　　忘年会　　　　　全員　　　　　　拍手

3. (1) a　　　　　　(2) b　　　　　　(3) a　　　　　　(4) d
   (5) a　　　　　　(6) b　　　　　　(7) a　　　　　　(8) c
   (9) b　　　　　　(10) b　　　　　(11) c　　　　　(12) a
   (13) b　　　　　(14) c　　　　　(15) a　　　　　(16) b
   (17) d　　　　　(18) a　　　　　(19) c　　　　　(20) d
   (21) d　　　　　(22) c　　　　　(23) d　　　　　(24) c
   (25) c　　　　　(26) b　　　　　(27) a　　　　　(28) c
   (29) d　　　　　(30) b

4. (1) そうです　　(2) ようです　　(3) らしいです　　(4) そうです
   (5) そうに

5. (1) とられて　　(2) とませる　　(3) 紹介される　　(4) 食べさせ
   (5) 死なれて

6. (1) 3　　　　　　(2) 3　　　　　　(3) 4　　　　　　(4) 1

第21課

5.(1) かぶき　　　　でんとうげいのう　　　　　　　きょうげん

　　　とくしょく　　てぶくろ　　　　ふゆもの　　　　　かいかえ

　(2) 文楽　　　　落語　　　　　観賞　　　　　　挑戦

　　　主人　　　　厚　　　　　　訓練　　　　　　想像

6.(1) どおり　　　(2) と　　　(3) な　　　(4) さぞ

　(5) を　とする

7.(1) 勉強だけでなく、スポーツにも熱心だ。

　(2) 事情は想像どおりではありません。

　(3) 教室に着いたら、誰もいなかった。

　(4) 藤野先生は魯迅の恩師だと言ってもいいです。

　(5) 彼はそう言ったはずがないです。

8. 听力原文

男の人と女の人が話しています。男の人はこのあとすぐ何をしますか。

女:ああ、李さん。いまから木村さんの部屋でパーティーをするんですけど、来ませんか。

男:いいですね。でも、いまテニスをしていたところなんですけど、シャワーを浴びてから行きたいんですけど。

女:それじゃ、なるべく早く来てくださいね。みんな待っていますから。

男:はい、ええと、何か持っていきましょうか。

女:大丈夫。飲み物も食べ物もたくさんありますから。それじゃ、あとでね。

(1) テニスをします　　　　　(2) 木村さんの部屋に行きます

(3) 買い物に行きます　　　　(4) シャワーを浴びます

答案：(2)

第 22 課

5. (1) こくでん　　　ほんもの　　　　ちい　　　　　　　よしゅう

　　　ふくしゅう　　しょてん　　　　せんもんしょ　　じゅくご

　　　いみ　　　　　ぶんかけい　　　りかけい　　　　ふじゅうぶん

　(2) 成績　　　　　地位　　　　　勉強　　　　　相談

　　　面倒　　　　　辞書　　　　　熟語　　　　　意味

　　　値段　　　　　便利

6. (1) ば　で　　(2) は　は　　(3) が　　　　　(4) たら　で

　(5) ても

7. (1) 王さんはあまり肉が好きではないかもしれない。

　(2) 明日は授業がないです。

　　　それなら、いっしょに映画を見に行きましょう。

　(3) それでは、今度にしましょう。

　(4) おいしくても買いません。

　(5) 駅までどう行ったらいいですか。

8. 听力原文

女の子が先生とピアノの練習をしています。女の子はいまからどうしますか。

女：あのう、ちょっと休んでもいいですか。

男：もう？練習をはじめてからまだ三十分ですよ。

女：おなかがすいちゃって。

男：あと十五分がんばりましょう。

女：はい。

(1) 十五分休みます　　　　　　(2) 十五分練習します

(3) 三十分休みます　　　　　　(4) 三十分練習します

答案：(2)

第 23 課

2. (1) とくい　　　なっとく　　　　けんか　　　　　けいまい

　　　なかよ　　　るすばん　　　　かじ　　　　　　てづくり

　　　にんぎょう　きねん

　(2) 大学祭　　　討論会　　　　　案内　　　　　　両親

　　　随分　　　　世話　　　　　　参考　　　　　　問題集

　　　拍手　　　　送　　　　　　　数学　　　　　　得意

3. (1) もらいました

　(2) やった

　(3) あげました

　(4) いただきました

　(5) もらいました

4. (1) 駅へ行く道を教えていただけませんか。

　(2) 李さんは友達から誕生プレゼントをもらいました。

　(3) 鈴木さんは切手を買ってくれました。

　(4) 小林さんは友達を駅まで車で送ってあげました。

　(5) 父は弟に自転車を買ってやりました。

5. 听力原文

男の人と女の人が話しています。女の人は車をどこにとめますか。

女：すみません、ここ、車、とめられますか。

男：ビルの前はだめなんですよ。となりにとめられるんですけど、夕方
　　はいつも込んでて、三十分ぐらい待ちますよ。

女：あら、困ったわね。どこかほかにとめられるところはありま
　　すか。

男：ここから500メートルぐらいいったところにありますね。

いつも、いつもすいているんですが。

女：500メートル? でも、まあ、自分の会社にもどるよりはいいから、そこにするわ。

(1) ビルの前です

(2) ビルのとなりです

(3) 500メートルいったところです

(4) 自分の会社です

答案：(3)

第 24 課

2. (1) ざいたく　　うかが　　　さっそく　　　へんじ

しょうばん　いちだんらく　ちょくせつ　はいけん

のぞ　　　　かんしん　　　かんぱい　　　ことわ

(2) 意見　　　直接　　　　訪　　　　　早速

宅　　　　伺　　　　　一段落　　　拝見

度　　　　泣　　　　　他　　　　　感心

経験　　　乾杯

3. (1) 展覧会に行った人がとてもよかったって言っているんですね。

(2) その町はすっかり変わりました。

(3) 明日公園にでも行きましょうか。

(4) 私からお電話します。

(5) 私が山田先生にお伝えいたします。

(6) この本はとても面白いって。

4. 听力原文

女の人が話しています。どんな人がだれのためにお菓子を買うと言っていますか。

女：ええ、いま卵のような形をしたお菓子を買っている男性がたくさん

いるそうです。そのお菓子の中には小さい動物の人形が入ってい
て、それを集めるために買うんだそうです。特に三十代の男性が多
いと聞いたので、お父さんが子供に買ってやるんだろうと思ったん
ですが、そうではなくて、自分の部屋に飾って、楽しむんだそう
です。

(1) 女性が子供のために買います

(2) 女性が自分のために買います

(3) 男性が子供のために買います

(4) 男性が自分のために買います

答案:(4)

第 25 課

5.(1) うちあわせ　らいきゃく　　　き　　　　　　じどう

　　きゃくしつ　せんどう　　　ゆきとど

　　せかいかっこく

　(2) 印刷　　　　宿泊客　　　名所　　　　訪

　　庶民　　　　承知

6.(1) のでは　　(2) も　ば　も　(3) だけで　　　(4) にする

　(5) を

7.(1) そんな条件では話にならない。

　(2) ガラス越しに新聞を読んでいる。

　(3) 覚えたての日本語で彼に話しかけた。

　(4) 田中先生でいらっしゃいますか。

　(5) なぜかと言うと、たくさん食べると、体によくないからです。

8. 听力原文

女の人はいつからメガネをかけていますか。

女:あっ、田中君、ひさしぶり。

男：あ、松田さん。メガネをかけているから、わからなかった。

女：そう。

男：中学のときはかけていなかったんでしょう。高校のときも。

女：うん。去年大学に入ってからよ。

男：うん。うちの学校の先生に似ている。

(1) 中学生になってからです　　　　(2) 大学生になってからです

(3) 大学生になってからです　　　　(4) 先生になってからです

答案：(3)

単元練習五

1.
ほんもの	ぶっか	たりる	ふじゅうぶん
おそわる	けいまい	だいがくさい	ほんじつ
まねく	ざいたく	ことわる	げつまつ
しょうはん	ちょうせん	かんしょう	ふゆもの
じどう	せんどう	らいきゃく	こうたい

2.
復習	台風	条件	残念
家事	記念	意見	若者
返事	拝見	予定	約束
感心	手袋	悲劇	実際
想像	出先	判断	各国

3.
(1) b	(2) b	(3) c	(4) c
(5) a	(6) c	(7) d	(8) b
(9) c	(10) d	(11) c	(12) a
(13) c	(14) a	(15) d	(16) a
(17) d	(18) b	(19) a	(20) c
(21) b	(22) a	(23) b	(24) d
(25) c	(26) c	(27) a	(28) a

(29) b   (30) d

4. (1) してあげた

    (2) してくれた

    (3) かけてあげ

    (4) かってくれる

    (5) かしてあげ

5. (1) 2   (2) 1   (3) 3

第二册

课 文 译 文

第1课 鲸鱼和日本人

日本人自古以来就和鲸亲近。而且,作为食物,鲸鱼是宝贵的蛋白源。因此日本人认为:食鲸是日本文化,应该保存。另一方面,英美等国为了获得鲸油,18世纪就开始捕获鲸鱼了,但是没有吃的习惯。他们便因此谴责日本是吃智能发达动物的民族。

反对捕鲸的人们主张鲸鱼应与鱼类区分考虑,因为鲸鱼是哺乳类动物。一次只能产子一到两个的哺乳类动物与一次能产卵成千上万的鱼类是不能相提并论的。另外,这种想法似乎还隐含着一个宗教理由即认为鲸鱼是神所创造的神圣生物。

与此相对,提倡继续捕鲸的人们认为从基本说鱼和鲸鱼一样都是生物资源,应该利用一切可利用资源。他们反对说:"国际捕鲸委员会的决定不科学","把某种特定的生物种类作为神圣的生物很可笑"。

就像这样,捕鲸问题牵涉各种国民情感和国际问题,并不能简单得说哪一国的意见是正确的。

敬语表现

会 话 (1)

男子决定怎么做了呢?

女:(电话铃声)您好,这里是住友商事。

男:那个,我是东京电气的山田,请问田中在吗?

女:非常对不起,田中现在外出了,请问您有什么事?

男：我想跟他谈一下员工旅游的事。

女：这样啊。

男：他大概几点回来呢？

女：预定 4 点回来。

男：那我到时候再打电话。

女：好的。不好意思，麻烦您重复一下您的姓名。

男：东京电气的山田。请代我向他问好。再见。

会　话　（2）

女子在车站询问去樱台医院的路。女子是乘什么去樱台医院的呢？

女：对不起，请问去樱台医院怎么走？

男：啊，樱台医院是吗？嗯，步行的话有点远，乘电车的话……，不，乘公共汽车也许会快点。但是，现在这个时间没什么公共汽车了呢。

女：那么，那个，出租车站在……？

男：嗯，在那边，诶！怎么没了。那个，可以的话，我送你吧，我有车。

女：不用了，那多不好意思。

男：不用客气。

女：这样啊，那么，承蒙您这么说，麻烦您了。

会　话　（3）

男子和女子在对话。男子弄错什么了？

男：对不起，我是约好下午 2 点来面试的黑田。

女：啊？……

男：会场在这里就可以吧？

女：下午没有面试的预定啊……

男：不会吧。我上周打电话确认过的。说是六号两点，我认真记下来的。

女：但是今天是 5 号啊。

男：是吗，糟糕！

第 2 课　　上次非常感谢

　　跟以前照顾过的外国留学生事隔很久再次见面的时候，他们基本上是不会对你的照顾再次表示感谢的。也许期待他们的感谢很可笑，但总觉得有点失落。日本人在受到照顾后会立即道谢，在此之后，每次见面时都会反复说"前几天谢谢了""那个时候谢谢""上次承蒙您照顾，多谢"等等。

　　从日本人习以为常的多次感谢的习惯来看，只是当场被感谢一次自然会觉得失落。

　　在日本以外的很多国家，通常多数都是道一次谢就好了。只是，重要的是，绝非他们忘恩。他们也明白自己提出请求，对方是竭尽全力帮忙的。

　　日本被称为讲究礼节的社会。我认为必须重视日本传统文化培育出的义理人情。但，这种义理人情不应该仅仅流于形式。

　　收到礼物，不是先想到感谢，而是先考虑是送什么作回礼。道谢的语言本应用来真诚表达谢意的，但有些人却总是觉得忘记道谢就会显得很失礼，于是就会反复道谢。这些就是把送礼和道谢形式化的不好的例子。

　　收到礼品时，也许不会仅说一次"谢谢"就算了，但是也不希望像物物交换似的馈赠礼品。

简体和敬体

会 话 （1）

小李今天没去学校。朋友转告小李要带什么东西来呢？

男：老师，有要告诉小李的话吗？

女：嗯，请跟他说明天的测验要用字典。然后，别忘记带铅笔和橡皮啊。因为圆珠笔不能用。

会 话 （2）

男子和女子要到美智子的房间玩。美智子的房间是哪一间呢？

男：美智子的房间在哪儿？

女：你认为是哪儿？

男：是不是有鸟的那间？

女：不是。

男：那么，窗帘上有星星图案的房间？

女：真遗憾，是挂花窗帘的房间。啊，窗户开着，美智子一定回来了。

会 话 （3）

女子和男子在电视的烹饪节目里谈话。男子说做好这道菜的关键是什么？

女：老师，今天也请多多关照。

男：今天向大家介绍的菜是只要将喜欢的材料慢慢炖（就好了）。真的很好吃哦。

女：不要让汤沸腾，小火炖就好，对吧？

男：你是这样认为的对吧？但是，放入材料后煮沸一次是秘诀哦。

女:诶? 这样啊。

男:放入材料后,用大火烧开一分钟左右。这样的话,材料膨胀,汤就很容易渗透进去。也就是能入味。

女:第一次听说(这种做法)。

男:注意不要长时间大火烧,否则汤就粘了。

女:明白了。那么,请您从材料开始说明吧。

第3课　闻色

当询问人们想到春天这个季节,首先感到的是什么颜色时,大家都会一下子回答不出来。寒冷的地方自不必说,即使是处于温暖的地方,当冬去春来时,应是万物复苏,姹紫嫣红,但脑海里却浮现不出完全合适的颜色。短暂思考后,可能觉得还是淡红、桃红等合适,这也许是因为潜意识里有代表日本春天的樱花。的确,桃花、杏花等同色系的花使春天绚烂多彩是事实,但在最早宣告期盼已久的春天来临的花里,却是像金缕梅、山茱萸、迎春花等以黄色的花居多。也许以某种色彩来说明一个季节,其本身就是没道理的吧。

我国自古以来就使用"におう"这个词,不仅表现嗅觉,而且表现色彩。"におう"是光润美丽,微微散发香味的意思。刀刃和地表的界线,如雾般朦胧的部分叫"におい",染色时,从上部的浓色往下部晕染浅色的手法也叫"におい"。我们不仅仅把色彩看成颜色,有时还要去品尝、(用鼻子)去嗅味甚至(用耳朵)去倾听。

春天的色彩,桃红也好,淡红也好,从上述观点来看,都可以说是"におう"的色彩。它蕴藏在冬去春来的安心、陶然的心情中,是一种恍惚迷离中难以抓住的抽象东西。它是一种消失于阳炎的幻觉中的瞬间的情感。因为它是从春天这个季节中抽取的本质的声音。

口语的特征

会 话 （1）

男子在讲话。明天上午以什么顺序进行呢？

男：现在讲明天上午的安排。听好了。

众：是。

男：嗯，明天早饭之前首先要大扫除。

众：啊？

男：吃过饭，上午一直是柔道练习，但练习是在跑步30分钟后。

众：是。

会 话 （2）

怎样做这道菜呢？

女：这汤真好喝啊。怎么做的呢？

男：这是用石头做的呢。

女：啊，是用石锅吗？很重吧？

男：不是，不是那样。首先，把石头烫热。在等石头变热的过程中就准备汤（的材料）。

女：是。

男：在大锅里放入水、鱼和蔬菜。

女：啊，然后就是把锅放到火上，是吧？

男：不是的。

女：那怎么煮呢？

男：用刚才的石头啊。把加热了的石头一个一个放入锅内。

女：啊？

男：这样"吱"的一声，锅中水的温度就直线上升了。

第4课　在烹饪学校

惠子的兴趣是烹饪。每个星期六都去烹饪学校以提高自己的技能。今天在烹饪豆腐之前听关于豆腐的讲解。

老师：今天首先想说一说豆腐，豆腐蛋白质丰富，甚至被誉为地里长的牛肉。由于目前人们的饮食习惯以肉食为主，一般认为已经不怎么吃豆腐了，但由于受最近天然食品热潮的影响，豆腐又开始受欢迎了，"TOFU"这个单词在美国也不稀奇了。那么，豆腐为什么会被重新重视呢？众所周知，食肉过多是成人病的诱因，肉类食品中不仅仅有蛋白质，更含有大量的脂肪，因此与肉类食品不同，以大豆为原料，富含蛋白质且脂肪少的豆腐就变得很受欢迎。但是总不能说因为蛋白质多就天天吃豆腐，这是会吃腻的。因此，不仅是国内甚至国外饮食专家也研究出了许多新的豆腐的食用方法。例如：出现了豆腐冰淇淋、豆腐蛋糕、豆腐牛排等令人出乎意料的点子，那么，接下来今天就利用豆腐来做一道中国菜。

词语的变化

会　话　（1）

丈夫和妻子讲话，妻子生气了，这是为什么？

丈夫：我回来了。

妻子：回来啦！最近回来好迟嘛！每天弄到这么晚，都干了什么呀？

丈夫：有许多应酬嘛。

妻子:明天是星期六,那该早点回来了吧!

丈夫:这个我不知道,说不定会让突然加班……

妻子:你……明天可有孩子的足球比赛,你偶尔来看一下又怎么样?

会 话 (2)

一位女士与警官在讲话,她被偷了什么?

女 :巡警先生,不得了了,我们家被小偷偷了。

警官:家里的门是锁好的吗?

女 :是的,锁是锁好的,但是窗户好像被打破了。

警官:啊! 果然如此,近来,类似的盗窃案时有发生,上一次隔壁楼也被小偷给偷了,现金被盗。你们家被偷了什么吗?

女 :是的,我好痛心,好痛心……

警官:有很重要的东西被偷了吧?

女 :我的戒指不见了,很贵的,我很喜欢那个戒指,刚买不久却……

警官:是这样,现金没被偷吧?

女 :没有,由于是发薪日之前……

第5课 豆 腐

　　据说从很久以前开始,不论多么偏僻的乡村,没有找不到酒店和豆腐店的地方,可见豆腐是一种大众化的食物。

　　豆腐好像被认为是日本独特的食品,但据说这种食品是从中国传来的,是距今大约二千年前在中国发明的(东西)。此外,正如你们所了解的那样,豆腐是用大豆经过加工制成的东西,而并不是经过发酵、腐化而来的东西,那么为什

么写作豆腐呢？因为豆腐是一个叫做淮南王刘安的人发明的，起初就叫做"淮南"。以后，人们开始用动物乳汁制作类似如今的奶酪似的东西，并起名为"乳腐"。据说因为这"腐"有凝聚的意思。和"乳腐"相对应，"豆腐"这种说法诞生了。

关于豆腐的传来，有一种说法认为是在遣唐使的时候，由僧人传来的。起初好像主要只是在贵族阶层以及寺院的修行素食中使用。它作为大众的食品被广泛接受，据说是从江户初期开始的。

另外，豆腐的别名叫做"白壁"等等。这是在豆腐刚刚传来的时候，因为豆腐与白色的墙壁很像，宫中的女侍们就开始叫它白壁或壁。

助词的省略

会 话 （1）

两人去了车站，男子决定在那里买什么和什么呢？

男：请在这稍微等一下。

女：去哪？

男：我要买包烟回来。

女：有零钱吗？

男：啊！只有一千日元。

女：（我想即使）一千日元也可以在自动售货机上使用。

（买了之后）

男：哎呀，零钱变得这么多了。

女：不是正好吗，因为马上要买电车票，请帮我也买一张。

男：到哪？

女：到涉谷呀。

会　话　（2）

女子为什么生气了呢?

男:快点快点! 不快点的话,电影就要开始了。

女:乘哪班车。

男:快点,就乘这辆吧。

(门关上之后)

女:喂喂,这辆车真的去涉谷吗?

男:是的,我想是的,不过……

女:啊! 错了吧,我们好像错了,方向不对呀。

男:真的,糟了! 到了下一站之后,赶快下车吧。

女:哎呀,电影就要开始了。

男:没办法呀,乘出租车去吧?

女:真能立刻乘上出租车吗? 现在这个时候,道路可能很拥挤……你真是
　个马大哈呀!

第6课　啤　酒

据说啤酒的起源非常久远,早在公元前四千年就出现在曾繁荣于底格里斯
河、幼发拉底河流域的古代巴比伦,接着又在希腊、罗马试制。

虽然日本的啤酒现在世界闻名,要说以历史传统见长还要数德国的啤酒,
因此一般人会以为啤酒一词来源于德语中的"bier",但实际上它是从荷兰语的
啤酒(bier)而来的,真有些出乎意料呢!

啤酒传入我国(日本)据说是在江户中期,在描述荷兰人进入江户时所驻旅

店长崎屋中饭菜的情况的《和兰问答》中,记载有"我去喝了麦酒,结果极其难喝,什么味道都没有,其名为啤酒"。因此可以认为日语化的啤酒是从荷兰来的,这种观点是正确的。

顺便提一句,近年流行的啤酒园(beer garden)一词和从文明开化的明治时代起就使用至今的啤酒厅(beer hall)一词据说是将英语原封不动地借来的,而喝生啤用的啤酒杯,似乎也是把英语 jug 读走了音变来的。

省略语 I

会　话　(1)

一个学生被车站人员叫住。这是为什么呢? 车站人员要让学生干什么呢?

车站人员:这位乘客,等一等。

学生　　:啊? 是在叫我吗?

车站人员:对不起,您的月票过期了。

学生　　:啊,是吗?

车站人员:请您付现金。

学生　　:对不起,我现在没有带钱。

车站人员:那就不好办了。那么请出示学生证。

学生　　:好的。

车站人员:来交钱之前,这个我先替你保管。

学生　　:不好意思,想请你帮个忙……

车站人员:什么?

学生　　:能不能不要告诉学校。

车站人员:知道了,知道了。我给你保密就是了。

会　话　（2）

　　新干线车厢里，一男子与邻座的人对话。男子在请求什么呢？男子最后下车了吗？

　　男：对不起，这里是哪儿啊？

　　女：刚过京都。

　　男：我在下一站下车，快到的时候能不能告诉我一声。

　　（过了一会儿）

　　女：这位先生，快到了。

　　男：嗯……

　　女：请醒醒。要坐过站了。

　　男：啊呀！不得了。赶快，……赶快。谢了。

　　（门关上了）

　　女：瞧瞧……。忘了东西了吧。

会　话　（3）

　　这两个人一块去购物了吗？

　　女 a：车站前的超市，开到几点？

　　女 b：我记得开到 8 点。

　　女 a：那么我们现在就去？

　　女 b：不，你先去，我马上赶来。

第7课　浴　室

一天的工作顺利完成后，好好地泡一个热水澡，这种快乐感是无法（用语言）形容的。

提起"泡澡"，众所周知，就是洗热水澡，而以前是指在蒸汽中蒸，也就是洗"蒸汽浴"的意思。

将凉水浇在烧热的石头上，形成蒸汽浴室的做法，传说是北欧、西伯利亚的风俗习惯。这种风俗是通过朝鲜传来的。这种说法很有说服力。由这种蒸汽浴发展成江户时代初期的，采取泡在齐膝盖高度的热水中，盖上盖子的半蒸半浴的形式；（后来又）进一步变化成为江户时代中期之后的，如今这种在浴槽中放满热水的洗浴形式。

关于"風呂"一词的来源，一种说法是远古时期的住宅的寝室，是用红土涂抹加固而成的，这就称作为"室"。不过，由于蒸汽浴室的建筑方式和这种房间很相似，所以最初是称作为"室（むろ）"，但不知何时发生音变就变成了"風呂（ふろ）"。另一种说法是从泡茶时煮开水用的风炉"風炉（ふろ）"演化而来的。（这两种说法）是否确实还未搞清。

省略语 II

会　话　（1）

一位男士约女朋友去跳舞。女士决定去了吗？还有，究竟是借还是买舞服呢？

男：过几天有一个舞蹈晚会，一起去吗？

女:(可是)我跳舞很差呀。

男:差也不要紧啊,我来教你。

女:可是跳舞时穿的衣服也没有……

男:没有也没关系,租一件不就行了吗……

女:租一件会很贵的呀……

男:贵有什么,我来付钱。

女:嗯,只穿一次就花那么多钱,不觉得愚蠢吗。

男:我懂了,买一件好吧?

女:啊,太好了,谢谢。

会 话 (2)

儿子向父亲谈论婚礼的事,儿子决定在哪里举行婚礼呢? 父亲赞成了吗?

儿子:爸爸,我想和她结婚。

父亲:哎? 什么"她"?

儿子:就是上次带回家来的那个女孩子呀。我们想在维也纳举行婚礼。

父亲:哎? 在维也纳,是奥地利的维也纳吗?

儿子:不错,在维也纳的教堂举行只有2个人的婚礼。

父亲:只有两个人? 稍等一下,你父亲我也有梦想啊!

儿子:哎? 父亲的梦想?

第 8 课 蒙 混

　　人们一不小心说出了秘密时,会慌忙地掩饰过去。"蒙混"并不能说是一个好词,但偶尔也会不得已地使用一下。

"蒙混"这个词的来源有三种说法。其一,是从"胡麻果子"变化而来的。过去,有一种撒上了芝麻的点心,外表看来似乎非常美味,但实际上却非常难吃。所以"是胡麻果子"这句话,不知什么时候就变成了"撒谎"的同义词了。

第二种说法是由在历史题材剧中,众人皆知的叫"护摩灰"的恶棍的称呼变化而来的。很久以前,有一个自称为高野山的僧侣的男子,用一种据说是弘法大师的香灰,骗取钱财。"蒙混"的说法,就是在"护摩灰"的"护摩"后面加上"なかす"、"ちゃかす"的词尾"かす"变来的。总之,可以说是把护摩灰的丑恶行径动词化的表现形式吧。

那么最后一种说法就是:芝麻在以前就被称为是万能食品,不管是什么食物,加上芝麻,都会变得很好吃,这个词就是从这里变化而来的。你是否觉得已经被这些说法弄蒙了呢?

缩略句

会　话　(1)

男子的手机在哪儿?

男 a:不得了,不得了,我的手机不见了。

男 b:唉? 你把它放在哪儿了?

男 a:应该不是在上衣口袋里,就是在包里的。

男 b:包里找过了吗?

男 a:当然啦。

男 b:再找一遍试试看?

男 a:已经找了很多遍了。

男 b:最后一次用是什么时候?

男 a:嗯……乘电车的时候,还给公司打过电话的。

男 b:那一定是忘在电车里了。到车站去问问看吧。

会　话　（2）

公司职员正在和部长商量什么事呢？

职员：部长，有点事想同您商量。

部长：什么事啊？

职员，这个请您收下。

部长：唉？这不是辞呈嘛。你是不是想辞职？辞职之后想做什么呢？

职员：那些等辞职之后再考虑吧！

部长：已经和你夫人商量过了吗？

职员：不，还没有。

部长：和你夫人商量一下再说吧？你对于本公司来说是不可缺少的人才。
　　　再考虑考虑吧？

第9课　"建前"和"本音"

最近，在报纸和杂志等上经常见到"建前和本音"这句话。

比如："他说的话是'建前论'"，再比如指责那些口中虽说着冠冕堂皇的话，但之后的行动却不相应的人时会说："建前和本音虽说不同，也太过分了！"

所谓"建前"就是指房屋建筑上安装柱、大梁、横梁之类主要骨架的意思，转意成"对外的方针、原则"等意思。

"本音"是"本来的音色，该物体特有的音色"的意思，然而也可以表达为"出自真心的话"的意思。

昭和五十年秋天开始到第二年，在年轻人之间流行着"再给你一份草莓白皮书"的歌。这首歌中有这样一段歌词："我懒得刮而留着长长的胡子，披着长

发经常出席学生集会,而决定就职剪断长发的时候,却已以不再年轻为借口向你辩解。"

这段歌词将现代年轻人在充分理解"建前"与"本音"不同的基础上,大彻大悟地生存下去的性格表现得淋漓尽致。

现在,哈姆雷特式的非生即死、认真忧虑的情节似乎已经不再流行。

套话

会　话　（1）

一位女士去探望病人。拿着什么去的呢?

女:身体感觉如何了?

男:非常感谢,已经好了很多,请不用担心。

女:这是慰问品,请收下。

男:多漂亮的花啊,真是不好意思。请坐这边。

女:不,不用张罗了,公司的大伙也让我带来了慰问品,这个请收下,大家都在担心你啊。

男:不好意思,请代我向大家致以衷心的问候,我想再过一周就能出院了……

女:那真是太好了。

男:托您洪福。出院后,在家休息一个礼拜再去公司上班。

女:请好好休息,今天我先告辞了,请多保重身体。

会　话　（2）

这两人是公司的同事,今日他们决定在哪儿吃晚饭呢?

女:工作还没做完吗?

男:还有一些,我想做完它……

女：是这样，我先去老地方了。

男：你先走吧，我过会儿来。

女：那待会见。

……

男：让你久等了，不好意思，刚做完工作，有个国际长途打进来……

女：那真是辛苦你了，要喝啤酒吗？

男：其实肚子已经咕咕叫了。

女：那去不去吃牛排？

男：但是，工资还要过几天……

女：那到我公寓去？我做点东西招待你。

第10课　玄　関

"日本人住用纸和木头做的房子"。这种房屋曾经让西洋人的蓝眼睛吃惊地变了颜色。为了进入这种让西洋人感到奇怪的日式房子，首先必须经过"玄関"。

乍一看"玄関"这个词，总觉得有些玄，也难怪，该词出自《俱舍论疏书》等佛教经典，原本是表示到达佛教玄妙的教诲的一个关门，是修行的一个阶层。

这种思想很快传到了中国，并被引进到建筑术中，成为住宅建筑上的一种形式，即作为交流幽静玄妙的论谈的房间（书院）的入口。接下来，这种建筑形式进入日本，成为书院建筑的一种形式，再后来仅仅指作住宅的入口了。

另外，和"玄関"一样让西洋人稀奇的还有"床の間"。这个词大约产生于室町时代（1338～1573年），那个时候还没有普及榻榻米。说到"床"，仅是指房间里铺上了木板而已。

很快榻榻米就普及了。住房按照使用目的被隔开。铺满榻榻米的"座敷"

受到欢迎,铺了木板的"床の間"成为无用多余之物,最终缩小为装饰山水画的挂轴或摆放百宝格的地方,也就是壁龛了。

重复

会 话（1）

留学生和朋友一起去了摊饼店。味道怎么样?

男:原料来了,那么摊饼吧!

女:唉? 自己摊啊?

男:是的,你是第一次吃吗?

女:曾经吃过,但那时候是店里的人摊的。

男:这里得自己做。只要把原料全部混起来,放到铁板上就行。

女:这样可以吗?

男:嗯,是的是的。

（一会儿之后）

女:已经可以吃了吗?

男:我看看。嗯,已经可以了。

女:那我就不客气了。

男:不行不行,上面还没放调味酱油呢。

（吃完了）

女:啊,真好吃。

男:那么走吧! 今天我请客。

女:那样真不好意思。

男:没关系,没关系。

女:那么谢谢款待。

会 话（2）

小孩为什么感到为难呢?

孩子:怎么办? 怎么办?

妈妈:怎么了?

孩子:球掉到隔壁的院子里去了。

妈妈:又打棒球了?

孩子:不是不是,是踢足球,球掉到院子的水池里了,妈妈,请你跟人家说对
不起啦!

妈妈:不行,不行,自己去。

孩子:但是隔壁的阿姨挺吓人的。

妈妈:没关系没关系,好好的道歉,她会原谅你的。

第11课　方言闲话

　　(一) 在东北的某一车站听到一段播音:"请等掉下去的人死掉之后再上
车。"听得人毛骨悚然。但是,如果仔细想一想的话,(就知道)东北方言把ス与
シ混为一谈。如果事先知道"オチル"是"降りる"的方言的话,就会明白"原来
如此"。

　　(二) 东京人把ヒ像シ一样发音。因此在市区电车上,对于日比谷和渋谷
这两个目的地,售票员与乘客之间常常发生误会。

　　(三) 据说有东京人在名古屋的旅馆里说了一句:"啊,云出来了。"结果讨
厌蜘蛛的女服务员吓得尖叫起来。

　　(四) 有一个新来的小工向师傅询问弄湿的炸药的处理方法,被告之"用太

阳光晒干"。但是不凑巧,师傅是关西出身,这位新手是东京出身。因为师傅"用太阳光晒干"所说的音调与东京的"用火烤干"相同,所以他当然认为是用火。于是生火烤起了炸药,炸药爆炸了,小工不幸一命呜呼。这是真人真事。字面上的出入有时是生死攸关的。

模糊表达方式

会　话　(1)

该男士决定帮什么忙?

男:好久不见。

女:你好像没什么变化吗!

男:哪儿的话。到哪儿去? 去吃鸡素烧(牛肉火锅)吗?

女:嗯,去以前经常去的店怎么样?

(在餐馆)

男:听说你辞掉工作了。

女:是的。因为母亲病倒了等等原因。

男:是吗,对不起,一点都不知道。您母亲的身体状况怎么样?

女:托你的福,好多了。之前她说好久没散步,想去街上散散步。因此坐着轮椅就出去了。

男:坐轮椅上下车很不方便吧?

女:是的,坑坑洼洼很多……

男:下次去的时候,请给我打声招呼。我陪你去。

会　话　(2)

该男士在外国干什么? 那时遇到了什么困难呢?

女:好了,让我听听你的事吧?

男：我去了芝加哥。

女：因为公司的工作吗？

男：是的。突然决定的调动，在那边呆了 3 年，开发新的部门什么的。

女：不想家吗？

男：想啊，开始的时候老想吃日本料理。

女：那边有做日本料理的餐馆吗？

男：一些酒店里倒是有高级餐馆，但是总不能每天都去那种地方呀。

女：你早告诉我的话，我会给你寄点腌梅子的啦……

第 12 课　正论和诡辩
——购物 1 千元以上的顾客享受 9 折优惠

有一家西服店打出了这样的招牌："年末大甩卖，购物 1 000 元以上的顾客享受 9 折优惠。"有一位顾客买了一件 500 元的衬衫和一条同样是 500 元的领带，共计购物 1 000 元，故享受 9 折优惠，支付了 900 元回家了。

第二天，那位顾客又来到店里，请求说："我昨天买的领带不满意，能否退货呢？"店主回答说："可以，很遗憾未令您满意，我记得这好像是和衬衫一起买打了 9 折的吧！"

"是的，所以应该退给我 450 元就行了。"

店主稍微想了一下说"不，不应该退您 450 元，应退您 400 元"。

"哎？ 400 元？ 为什么？ 500 元打 9 折，不是 450 元吗？"

"不是的。昨天您是累计购物满 1000 元才给您 9 折优惠的，但是现在您退货的话，就是最终只买了 500 元的东西，所以不能打折。这样从您昨天付的 900 元中减去衬衫 500 元，应该退您 400 元才对。"

"那么我要问你:你昨天是以衬衫每件 500 元、领带每条 400 元的价格卖给我的吗? 不是的,是两件商品都打了 9 折,衬衫是 450 元,领带也是 450 元,合计 900 元,对吧? 按打 9 折的价格买的商品却按 8 折退款,我不是损失了 1 折的钱吗?"

究竟谁的说法对呢? 不论是自然地歪曲了的争议,还是故意地歪曲了的争议,(买方)的争议均是不正确的,这一点是不变的事实。这样的争议必须作为诡辩予以排斥,我们在小心不要使自己的争议陷入诡辩的同时,也必须看穿对方的诡辩。

语序的变化

会　话　(1)

老奶奶在电车中遇到了什么样的人?

男:老奶奶,请坐这里吧!

女:谢谢你,真不好意思。

男:没关系,我马上就要下车了。

女:今天是星期六也上学吗?

男:不是去学校,是去辅导班。

女:初中生真是辛苦啊!

男:我不是初中生。

女:对不起对不起,是高中生啊! 在电车里还翻开笔记学习,真是令人佩服。

男:马上就要考试了。那么再见了,我在这里下车。

女:你要好好学习啊!

会 话 （2）

新婚旅行怎么样?

女:听说你结婚了,恭喜你。

男:谢谢。

女:这是我的礼物。

男:你这么费心的话我就不好意思了。

女:不,只是小小心意,对了,你的新婚旅行怎么样?

男:真的很棒,到处参观游览,在旅馆里悠闲的休息……

女:那真不错。

男:但是回家后父母很生气。

女:为什么?

男:旅行过程中一次也没(与他们)联络。

女:难怪呢!

第 13 课　亲近自然

　　我住的地方四面环山,有很多野生鸟类。市里编写的观光向导书上说,包括候鸟在内共有野生鸟类十八种之多。其中,我看到能认识的有:乌鸦、麻雀、野鸡、老鹰、黄莺、鸽子等。至于啄木鸟,虽然听到过它啄木的声音,却没有亲眼见到过。

　　去年夏天,有一只鸟在校舍里筑了一只巢。学校为了方便鸟妈妈搬运鸟食等,就打开一扇窗。我们在里面开晨会或干其他事的的时候,那只鸟一叫,大家的目光都禁不住转向鸟的方向,大家交换视线,破颜一笑。

有一天,老师问我们:"你们认识那只在我们学校筑巢的鸟吗?"虽说我们每天都能见到这只鸟,可是没有人能回答上来。

老师告诉我们,它叫"黑背鹡鸰"。接下来又说:"如果是我们身边的人,我们会不知道他的名字吗? 不知其名,或者不欲知其名,是否意味着我们不把这只鸟当作一回事呢?"听到这里,我想:真是这样呢!

不知道鸟的名字,不就是因为我们漫不经心地看着那只鸟,却从没有放在心上的缘故吗? 假如有一天它从我们身边消失,恐怕我也不会去考虑原因。实际上我们就是不太关心(这只鸟)。不仅是名字,详细了解它的大小、羽毛、飞翔方式、栖息场所等等,都会让我们与它非常亲近。

在社会课上,我们在学习公害和森林作用时曾学过人类是自然的一部分,虽然如此,人类仍在不断地破坏自然。我想这正是因为我们采取了对自然"不了解"、"不关心"、"随它去"的生活态度而造成的。

以黑背鹡鸰事件为开端,我们年级决定仔细观察野鸟,制作"野生鸟类卡片"。卡片上准备记载鸟名、外形、特征等,并不断增加这些卡片。

我现在正在往"野鸟卡片"第一号上填入黑背鹡鸰的情况。

推进会话

会 话 (1)

这两个人准备在何时、何地、做何事呢?

女:铃木,你现在忙不忙?

男:不,不太忙。

女:现在说可以吗? 说实话,最近附近的神社有庙会……

男:什么时候?

女:下星期天。所以我想请你帮忙。

男:做什么呢?

女:庙会期间,我想贩卖饮料,所以请你帮忙。

男：啊？一整天？

女：不不。只要一大早用车把饮料运过去就行。

男：这点事我可以做。交给我了。

女：那我早上 8 点半去接你了？

男：好的，没问题。

女：好吧，就这事。

会 话 （2）

这位学生准备到哪里工作几年？

老师：请进！

学生：老师，现在可以说几句话吗？

老师：请到里边来！我正好打算休息一下……

学生：说实话，我要去越南了。

老师：你决定就职了？

学生：是的，我要到胡志明市的日语学校去了……

老师：这是好事情嘛！祝贺你。预定去几年？

学生：暂定为一年，我自己打算去 3 年左右。

老师：你肯定会做出成绩来的。

学生：另外，老师知道中村吧？听说她要到印度尼西亚去当护士了。

老师：是吗？你们大家都这么努力，我也觉得很自豪啊！

第14课　太阳死了,地球也会死

没有太阳,地球就不能生存。太阳死了,地球也会死,说这样的话,你或许会想,太阳的死是几亿年以后的事,现在担心又有什么办法呢? 但是,事实上,在太阳死亡的很早以前地球就死了。至少地球上的生物会全部死亡。再进一步说,在地球上的生命中,人类的生存能力最弱,只要太阳活动有一点变化,人类的生存条件就会很轻易地丧失。

随着对地球科学和生态学研究的进步,近些年来越来越清楚的是:支持人类生存的地球环境,可以说让人感觉就像勉强站在针尖上一样。那种平衡要是崩溃的话,例如:像空气成分的平衡有一点改变,或是因气候改变,地球的平均温度有一点失常,人类立刻就会失去生存条件。

最近,二氧化碳导致地球升温的问题已成热门话题。二氧化碳像毛毯一样包围着地球而起到了加温的作用,这被称为温室效应。据说假如温室效应增长,地球的平均温度也增加的话,极地的冰就会融解,把低地淹没。但是,这种温室效应要是没有的话也不行。地球上的生存环境实际上是靠温室效应保持着。假如没有温室效应,地球就会冻结,也就不会有生命能够生存。

也就是说,没有温室效应不行,温室效应太强也不行。没有温室效应的火星处在冰冻之中,温室效应超标的金星在500度以上的高温状态,人类根本不能生存。

地球至今没有发生过大的故障,(仍在)运转着,这实际上是被一种奇异的偶然支持着,没有人能保证它会继续下去。如果发生故障怎么办呢? 人类只有灭亡了。

因此人类的命运很危险。人类为了确保种族的延续,就有必要更多地了解我们的地球。同时,我们必须加强对地球的保护,防止这个(系统)出现故障。

另外,我们还必须具备在万一出现故障的情况下对其进行修复的能力。

但是,即使如此,也不能避免很久以后太阳的死亡,为了应对这种情况,人类应该开发没有太阳也能生存的技术,向太阳系以外寻求人类的生存空间。

提起话题

会 话 (1)

该男士上门向女士请求什么来了呢?

男:打扰了。

女:请这边来。

男:谢谢,那么我就说了……

女:是什么事呢?

男:其实有件事想拜托你。

女:请不要客气。

男:我的女儿要上大学了……

女:那不是很好吗?

男:但是大学很远,所以要找个公寓,但总是找不到。

女:是吗?

男:因此,我想能否请您让我的女儿在府上暂住一下。

会 话 (2)

一女士来到电脑学校,她申报了哪门课程呢?

客　:对不起,想打听一下……

受付:什么事?

客　:我想申请参加电脑的讲习会……

受付:有很多课程的……您家里的电脑是什么型号的?

客　:其实还没买呢,正想买一台,但想在这之前先了解一下。

受付:那么初学者的课程怎么样? 星期六和星期日两天的课程。

客　:学费多少?

受付:1 天 1 万日元,教材费 3 千日元……

客　:是吗? 那我要考虑一下。

受付:还有入门者的免费课程,周六下午 1 点到 3 点……

客　:这个很好嘛! 那就报这个吧!

第 15 课　计算机社会

幸亏有了计算机,我们的生活近来变得非常方便。

如果你想去旅行的话可以去"绿色窗口"买对号入座的车票。由于"绿色窗口"安装了联网设置,只要有空座位,便能立刻在任何窗口购买到。

然后你出发去旅行了。(旅行时)随身携带很多现金是没有必要的。你如果在东京分行有存款户头,即使到了北海道的札幌或者南部的九州也能取出现金。这是因为绝大多数城市银行都使用了专门的通信线路。从北海道到冲绳是同一个计算机系统。任何银行的任何分行都能取出现金,而且当场就能取出。这都是以前想也不敢想的事。

但是,由于计算机终究是机器,当然也会发生故障,据说那时可能会陷入在日本全国都不能取出现金的状况。只不过这种情况从来没有听说过,因此似乎也就没必要担心了。

其他如电、煤气、水等费用的账单,工资的计算表等,我们身边很多事情都用到计算机。学校的老师都说:"多亏了计算机,考试、成绩分析变得轻松多了。"新闻广告界的人也说:"收音机、电视的节目编制、选举速报、报纸排版等都能做到既正确又快速。"若要写有关计算机运用的问题,恐怕要写出一本书来。

今后计算机在各领域的运用会越来越广泛吧？

回答

会　话　（1）

一男士去旅行社咨询。最后决定去哪里旅行呢？去那里必须转机吗？

社员：欢迎光临，请问您想去哪里旅行？

男　：我想去印度尼西亚附近的小岛观光旅游。

社员：那么就去爪哇岛怎么样？

男　：有没有直达的飞机啊？

社员：每个星期只有一班飞机。

男　：每周一班吗？

社员：每周周三有飞机直达爪哇岛。

男　：那么，来回都可以乘坐这班飞机吗？

社员：非常不巧，您回来时要转机。

男　：是吗，真没办法。

社员：那么，您就定星期三出发的"5天4夜的爪哇岛之旅"吧？

会　话　（2）

一女士给旅馆打电话。准备几人住店呢？预约成功了吗？

女　　：喂，请接客房处。

管理员：你好！我就是。

女　　：下周周五我们准备在您那里住宿一晚。

管理员：请问有几人？

女　　：3人，我丈夫，我和孩子。

管理员：也就是2名大人，1名小孩。请稍等。（一会儿后）让您久等了，很

抱歉,那天的预约已经满了。如果可能的话,我帮您问一下有没有
人取消预约?

女　　　:那就麻烦你了。

管理员:那么,请您把名字和电话号码留给我吧?

第 16 课　面条店和寒暄语

一天,我进了家附近的一家面条店,正好是午饭时间,所以店里很挤,只有
一张空的桌子,我就坐了下来。我等了一会儿,谁也没来问我要什么。没办法
我扯着嗓子叫了一声:"一碗豆腐果面。"于是后堂里有人应道:"好,知道了。"我
安心下来等,可是过了 15 分钟,面还没来,我因此有点担心,便问:"请问,我的
面还没好吗?"店里的人说:"快了快了,马上就来,"又等了 5 分钟还是没来。

面最后送来时,我已等了 30 分钟,这时店里的人说了声"谢谢"就把面放在
桌上。我突然心情很不舒服,让客人等了这么长时间不该说声"让您久等了"
吗?"谢谢"这一句话,是在客人吃完后付钱时说的,我还没吃,就说"谢谢",总
觉得是在叫我快点吃完走,感觉很不舒服,即使是"谢谢"这句话,由于使用的时
间和场所的不同意思也会变。

面是很好吃,但这顿午饭让我自始至终心情不好。

话题的深入

会　话　(1)

妈妈在去旅行前,向孩子吩咐什么呢?

母:妈妈今天起就要去旅行了,好好看着家啊。

子：没问题，你别担心。

母：不要忘了照顾小狗啊。

子：只要给它吃的就行了吧？

母：狗食放在冰箱的二层，早晚分 2 次，一定要喂呵！还有要带它去散步，还有你们今天晚上的晚饭，冰箱最上层放着肉，而且……

子：行了行了，妈妈你快去快回。

会 话 （2）

学生在请求什么呢？ 被告知该怎么做呢？

学生 ：对不起，下周的星期三我们要召开学生会议，所以想借一个房间。

事务员：那就用第 7 会议室吧。

学生 ：那个房间锁着吗？

事务员：对，锁着，不过钥匙不在这里，请在当天去一楼的总台借钥匙，会议到几点结束？

学生 ：预定在 4 点半。

事务员：那你们在 4 点半开完之后，还得把房间锁上，钥匙还给总台，总台 5 点下班，一定要在此之前还掉。

第 17 课　与书的邂逅

少年时代，我们可能会从老师、朋友、亲人等那里学到一些东西，并据此决定了自己一生的奋斗方向。

长大以后，会这么想："如果没有遇到那个人，说不定我所走的路是另一个方向，说不定我已变成了另一个人。"

但是,这种邂逅不只限于活着的人类,有时邂逅一本好书也会打开此人面向未来的目光,决定他此后的生活方式。

据说法布尔决定一生做一名科学家,是在读了某位作家所写的一本蜜蜂的书之后。法布尔年老后怀念起那时的事,在他的著作中写道:"那本书如同在放入暖炉的干柴上点了火一样。"

正如人的面貌因人而异一样,人的目的也是各种各样。感动了某人的书,不一定同样也感动别人。因此,邂逅一本恰好适合自己的目的的好书是重要的。

我们需要常怀着追寻这种书的目的去读书。应该可以说与好书的邂逅,是对那些追求者们当然的褒奖。

附和

会　话　（1）

学生去老师那儿商量事儿,他拜托什么事了？ 老师为什么生气了？

学生:对不起……

老师:什么事？

学生:下周考试的事……

教师:嗯。

学生:因为有兼职……

老师:啊。

学生:所以不能参加考试了……

老师:然后呢？

学生:我想能不能请求补考……

老师:你! 你觉得大学学业和兼职哪个重要啊？

会　话　(2)

女士身体状况欠佳,所以去找人咨询,你觉得是什么病?

心理医生:怎么啦?

患者　　:总觉得最近身体不好,头脑晕乎乎的。

心理医生:那可不行啊。

患者　　:心咚咚跳个不停,有时我想是不是会死啊……

心理医生:这样啊?

患者　　:这么想就害怕,渐渐地就胸闷……

心理医生:确实是这样。

患者　　:白天还行,可是一到晚上……

心理医生:是不是变得更加不安,那么到内科医生那儿看过了吗?

患者　　:说是哪儿都没有问题……。我怎么办才好呢?

第 18 课　　日本人与鱼

语言与生活有着密切的关联。

在日语里骆驼这种动物只有叫"rakuda"的一种说法。但是在阿拉伯语中,即使是指同样的骆驼,"用来载人的骆驼"、"用来运货的骆驼"等也有着各自不同的单词。对在沙漠中生活的人们来说,骆驼是生活中不可或缺的东西。因此在不同的语境下,同样的事物会有不同的说法。

那么,日语又是怎样呢? 想到这时,首先想到的是鱼。

例如:叫 buri 的鱼根据生长期不同,可以用 hamachi、mejiro 等几个不同的名字称呼。这样详细的语言划分可能是因为鱼和日本人的生活有着密切关系。

日本是个被海包围的国家,自古就有得天独厚的新鲜的鱼类资源,像寿司、生鱼片这类吃生鱼的习惯,正是因为能捕获这么多新鲜的鱼才能做到。对日本人来说鱼是生活中不可缺少的东西。

但是,最近,对日本人来说鱼似乎不再是那样熟悉的东西了,就连掌管厨房大权的主妇也宣称:"即使听了鱼名,也分不清是哪种鱼",这样的人是越来越多。

造成这种"鱼盲"的原因之一是:比起鱼店、蔬菜店,在超市买东西的家庭主妇增加了。一般在超市,鱼被切成鱼块冷冻保存起来,分成1人份、4人份的装在盒里卖,从一开始就被切成鱼块的鱼身上,怎能想像出游动的鱼是怎样的呢?

不浪费,方便食用是不错的,然而在节省了收拾的时间的同时也剥夺了主妇们对鱼的关心和了解。

大人都不知道,更不用说小孩了。曾经有这样的事:只见过大马哈鱼鱼块的城市小学生,在见到实物鱼时大吃一惊,难道他们真的认为鱼块会游水吗?这是个令人想笑而又笑不出的笑话。

照这样下去,现在日本人不要说区别大鱼和小鱼,很快就要什么鱼都不能区别了,要说日本传统饮食文化正在逐渐消亡,也决不是危言耸听。

确认

会　话　(1)

男士在店里要求什么?(照片)什么时候冲好,多少钱?

店员:欢迎光临。

男　:麻烦了,这个照片请加印一下,这个3张和这个3张。

店员:谢谢,这个底片的第12张、第15张各自印3张,对吧?

男　:是的,是这样的。

店员:中号还是大号……

男　:价格是一样的吗?

店员:平常是大号的比较贵,但现在做特殊推销,所以比较便宜,20 元。

男　　:那么就大号的吧,什么时候可以好。

店员:后天 5 时。

男　　:10 号 5 时对吧? 贵店何时打烊?

店员:7 点。

会　话　（2）

男士为何不能很好地使用银行的机器呢?

客人(男):对不起,我来缴 NHK 的费用……

接待员　　:银行卡带了吗?

客人(男):带了。

接待员　　:那么,就请使用这个机器,请按按纽。

客人(男):按纽,是这个吗? 第二个按纽是吧?

接待员　　:是的,然后插入卡,按对方的号码。

客人(男):插入卡,然后按号码,对吧? 啊,不行,好奇怪?

接待员　　:先生,对不起,您的户头里似乎没钱了。

第 19 课　青年自立对策

　　要建设充满活力的社会,对无业青年、闭居家中的年轻人的援助不可或缺。政府必须尽快制定具体政策。

　　"青少年综合援助学习会"是设置在政府教育重生座谈会下的的一个机构,该机构综合了大家的提案。该机构的援助对象不仅包括无业人员,还包括了无固定职业者、厌学儿童、高中中途辍学者等面临各种问题和困难的青少年。据

说无业人员达 62 万人，无固定职业者达 181 万人，闭居家中的人也达到 30 万人左右。虽说有减少的倾向，但人数仍很多。如果对无业青年、闭居家中的人等置之不理的话，会招致个人收入差距的增大及社会保障制度的不稳定，很可能动摇整个国家的未来。

虽然各行政机关和民间团体组织也采取了多种多样的援助措施，但很难说各相关机构之间的合作是紧密的。该提案要求在加强合作关系的同时，应在国家，地方上设置便于利用的综合窗口。

提案还要求特别是在市、区、町、村的窗口，配置能够应对所有咨询、并属于合适的相关机构的专业工作人员。因为准确的判断需要知识和经验。

内阁今年开始试行培养人才计划。要使援助有效推广，培养这样的人才就成为关键。

提案还强调对于问题的早期应对及持续援助的重要性。因为在问题恶化之前采取措施的话，比较容易解决。据说在积极执行青年自立帮助的高知县，无业青年和闭居家里的人中有 40% 的人有过逃学的经历。学校应实行早期帮助，学校的作用和责任很大。中小学逃学的有 13 万人，高中辍学的每年有 7 万人左右。由于中途辍学，不在学校的监管范围之内的话，就很难执行就业等自立帮助。这样的年轻人不来咨询的倾向很高。为了不使这些人从援助对象中漏掉，援助者的主动前往也是很重要的。

请求

会　话　（1）

男士和女士在谈话。男士想说的是什么呢？

女：对不起。请教我这个怎么做。

男：啊，什么？啊，这个啊，做表吗？

女：是的，但是我还想在里面加图表，可以吗？

男：嗯……可以是可以。

女：真的！怎么做呢？

男：那个，那个架子上有个黄色的，有吧？

女：是的。

男：看看那个吧。

女：不能教我吗？

男：现在没空。

女：哦。

会 话 （2）

男士和女士在公司谈话。男士对女士说要怎么做？

男：过来一下好吗？

女：来了。

男：关于大阪百货公司的事，最近有好好联系吗？

女：有。

男：大阪百货的山田来电话了。问怎么最近你都没怎么联系他们。我也知
　　道你最近在忙数据的整理。但是大阪百货也是你负责的。当然在你整
　　理数据期间，请别人代为负责一下也行，但不能那是样做吧。数据整理
　　也很重要，但你也得跟你负责的客人好好交流啊。

会 话 （3）

关于活动帮助，部长怎么想的呢？

女：部长，我有点事想跟您商量一下。

男：啊，小川。什么事呢？

女：刚才加藤打电话来了。

男：加藤去了今天开始的活动会场，对吧？

女：是的，好像来的客人比预计的多。

男：那不是好消息嘛？

女：是的，就因为如此，他一个人无法应付，希望派个人帮一帮他。

男：那让山本去吧。

女：山本今天去光明物产了，他去不了。

男：啊，这样啊。可你又完全没接触过这个活动啊。

女：是的。

男：那你去光明物产，还是让山本去帮忙。你可以应付光明物产的吧？

女：好的，那我就这么做了。

第 20 课　读　书

入秋后学校迎来了奇妙的读书周。看到平常根本不涉足图书馆的孩子们不情不愿地（在图书馆）找指定的图书我觉得很不可思议。他们被老师要求：读自己不想读的书，并写一篇读后感。

不用老师布置，我从小就喜欢读书。读书周的标语满目皆是："读书是了解世界的窗口""书是精神食粮"等讴歌读书好处的句子。老师劝谏说：读书的孩子是好孩子，而且头脑一变聪明，人就会变得自信。使孩子变聪明是教育者的任务。忘记这个义务，让书来教育孩子，这只不过是一种放弃职责的懒惰行为。我一下子就怀疑起这个老师的能力。我就是所谓的聪明孩子。从不调皮捣蛋，从不违背大人的命令，是一个乖孩子。在教室的墙壁上制作一个，用显示营销员业绩的方式来显示谁读了几本书的图表以此来促进竞争。我正觉得这种方法十分愚蠢，但我却不幸被标榜成通过这种方法成功的典型。

"他因为喜欢读书，成绩很好！"

老师试图以我为榜样推进读书活动。那是一个很大的错误。我成绩好是因为我不仅上课认真听讲，而且在家好好学习。其他的小学生在成长过程中，

没有好好学习,所以有差距是当然的。只要多读书,就会变聪明,这种幻想是怎样产生的呢?我在孩子们的身上看到了这种误解的根源。孩子不喜欢读书是因为被逼迫的,这近似于受刑。也就是说他们以学习的姿态在读着书。这种读法根本不快乐。读书的乐趣不在书上而是在于(思绪)飞去什么地方进行冒险。这和旅行的乐趣接近。我通过读书体验冒险,在未知的世界中旅行。

(中略)

人人都幻想"另一个世界"。有一个新的环境,新的政治,新的自己,因为在现实中,谁都会有一点不和谐的感觉。所以希望变化,但因现实无法轻易改变而放弃梦想。在这个时候,可以确确实实带来变化的最廉价的方法就是读书了。读书不是教育,而是舍弃现实的艰难生活,沉湎于精彩世界的人的本性;是忘记现实的合法的麻药。很遗憾的是并没有成人说:"他们还有学习的义务。也许教给孩子读书的乐趣稍微早了点。"

说明理由

会 话 (1)

女士和男士在谈话。男士为什么犯困呢?

女:怎么了? 身体不舒服吗?

男:不是的,困得要死。

女:为什么? 每天工作到很晚吗?

男:不是的。

女:啊,我知道了。你是喝多了,对吧?

男:不是的。上个月不是孩子出生了嘛。

女:是啊,然后呢?

男:孩子经常哭。就因为这个睡不好。

会　话　（2）

男士和女士在谈话。女士考试的分数不好是为什么呢？

男：优子，考得怎么样啦？这次也不错吧？

女：很差，30 分。

男：呀？怎么回事？上次不是有 98 分吗？你说这次 100 题中有 30 题没做对？啊？

女：是因为我弄错答题纸上答案的格子了。最后空出一个格子。等发现的时候已经没有检查修改的时间了。

男：啊，这可真受打击。

女：就是啊。而且现在看的话，从第 5 题开始就错了。漏掉了第 5 题的答案。其它的答案全对呢。

男：真痛心。你好可怜。

会　话　（3）

请听女子的体验之谈。女子为什么会上班迟到了呢？

女：乘电车去上班的时候，不小心睡着了。车内广播"横滨，横滨"的声音把我叫醒。因为是我要下车的站，我就急冲冲地下车了，把包落在了座位上。马上找车站工作人员说了这件事，请求他们在下一站帮我拿一下包。包是找到了，可是取包花了好长时间，所以上班就迟到了。

第 21 课　绘画的乐趣

　　一开始我很喜欢看画,但不知从什么时候起,我开始喜欢自己画画了。我和一般的画家不一样,并不是因为有了绘画才能当画家,正是因为太没有绘画才能才开始画画的。开始以后渐渐觉得有趣起来,现在是不管见到什么都想要画。也许,说不管看见什么有点夸张,但是,对我来说,看到的东西,无论草、树、花、蔬菜、陶器、墨水瓶,大部分我都想画出来。

　　正因为我不是凭空想就能准确抓住物体形状的人,所以当我看见线条清晰的物体时,不管什么都觉得不可思议,觉得有趣,想试着画一画。

　　我从前说过马铃薯是我的绘画老师,即使是现在,当我看到马铃薯时还会想画它。但是,我不单单特别限于想画马铃薯。曾有人问我,为什么总是画蔬菜? 那是因为在我的身边就有绘画素材。如果身边有花,那我自然就会想画花。

　　我对物体轮廓的线条特别感兴趣,用毛笔画线条是一种没有理由的快乐,全神贯注地画线条似乎与素材的美相一致,若是画草花,就觉得花的线条美得不可思议。线条上洋溢着的那种微妙感觉常常让人感动不已,觉得叶的长法、芽的长法、形状等实在是太棒了。小心谨慎地描绘自然本身的姿态确实是一件乐事。

　　虽然我不知绘画为什么会快乐,但快乐确是事实,努力适应这种快乐也是事实,我认为若能以平和的心境画出画来真的是件幸福的事。令人高兴的是好像赏画人也能体会到我这种乐趣。

传达主张

会 话 （1）

这位女士不知道什么？结果决定怎样做？

男：嗨，请不要把摩托车停在这里。

女：啊？不许停吗？大家不都停在这里吗？

男：这里可是超市的停车场啊，所以，超市的营业时间内可以停，营业时间以外是不能停的。这可是为买东西的顾客准备的停车场。

女：啊，是吗？对不起，我不知道。可是，超市几点开始营业啊？

男：超市 10 点开始营业，还有 30 分钟呢。收费停车场在车站前就有。

女：是啊，我等不了 30 分钟，还是停在车站那边的停车场吧！

会 话 （2）

田中和木村是同事，下班后去了酒吧，木村担心什么？

木村：喂，你不会是啤酒喝太多了吧？脸色通红啊！

田中：没有的事，木村你也喝啊！

木村：我是开车来的，不能喝。我还是要一杯乌龙茶吧！

田中：我喝威士忌，今天我要喝个够。

（过了一会儿）

木村：喂喂，已经 11 点了，我们走吧。我送你啊。

田中：不要，不许这么说啊。再去另一家，走。

木村：我们星期六还有工作呢。这么喝会影响明天的工作啊。

第 22 课　即便仅仅是一棵

　　在山上,高山植物的花争奇斗妍,一位登山者摘了一朵花作为纪念,然后下了山。他把花制成标本并时常拿出,以怀念自然花地的美丽景色。

　　然而,被摘了一朵花(作为登山纪念)的山上的自然花地现在已经不存在了。

　　因为,为那种美景以及令人怜爱的姿态所吸引并不经意间摘了花的人并不止一个。很多人都是从自然花地悄悄地拔取一朵花后离开的。

　　就这样一人仅仅是一朵,然而一百个人一百朵,一千个人一千朵……。

　　夏天,在海水浴场那宽广的沙滩上,在烈日的照射下,有什么东西在闪闪发光,那是人们不经意间扔掉的果汁瓶的碎片。

　　不久,无论走到哪,危险的玻璃碎片、垃圾等东西就会布满了整个海水浴场。当地人不停地捡拾、清扫,然而玻璃、垃圾等却有增无减。

　　而且,不经意间扔瓶子的人自己,现在也不得不一边小心提防着自己扔掉的瓶子的碎片,一边洗着海水浴。

　　从这两段故事中,能联想到什么呢? 大家一定会想:"我们怎么能够容忍这些人破坏美丽的大自然呢?"另外,还会想自己是不会做那种事情的吧! 你摘一朵花,他扔一个砸碎的果汁瓶子,这类现象日复一日重复下去的话,将会出现什么情况呢? 山上的自然花地和海岸的沙滩,到底是谁的东西呢?

道谢/道歉

会 话 (1)

在新干线上,一位男士跟一位女士搭话,那是为什么呢? 男人的指定席位在哪儿呢? 女士的指定席位在哪儿呢?

男:对不起,这是我的座位。

女:什么,这应该是我的座位呀。这是车票,看看,是12b吧!

男:这是3号车箱,你的票不是4号车箱吗?

女:啊,真的,我没注意,对不起!

男:没关系!

女:我这就换到4号车箱去。

(女起身)

男:啊,好痛,我的脚……

女:对不起,踩了你的脚,实在是对不起。

会 话 (2)

这位男士为什么打电话呢?

男:喂,是山田先生府上吗?

女:是的。

男:我是留学生小林。

女:不凑巧,我丈夫出差去了。

男:上次承蒙山田先生的关照,非常感谢!

女:是吗,没帮上什么忙……

男:多亏山田先生,我找到了新的工作。

女:太好了,祝贺你就职。

男：那么能请你们到我的公寓来吗？我打算亲手做菜，不知是否合你们的口味。

女：是吗，谢谢！丈夫回来后，我会转告他的。

第 23 课　日语与国际交流

人说教学相长。在教外国人学习日语时，往往在日语方面能向他们学到很多东西。

"老师，日本人不说'さよなら'吧？"

"什么？"

"就是'good－bye'啊，和人告别时，要说'さよなら'的。我在国内学过。"

"不，我们说'さよなら'的。"

"可是，大学生们都不用呀。"

"那说什么？"

"バイバイ。"

是啊，亲近的同伴，特别是年轻人大多是说"バイバイ"或是"バイ"而挥手告别的。甚至像我这样上了年纪的人有时也用。对儿童来说就更理所当然了。有的词典一般也解释为"バイバイ －bye-bye(通俗说法)，原为儿童用语，再见的意思。"但也有词典不列这个词条。用于日语教学的教材上一般也不出现。这就是所谓教学日语与生活日语的不同之处。

"老师，'はい'和'ええ'有什么区别呢？"

"'はい'是比较礼貌的回答。"

嘴上这么回答，心里却又嘀咕，仅此而已吗？这么一想，却发现这似乎是个相当重要的问题。

首先，"はい"和"ええ"的共同点是都可以用于肯定的回答。

"お土産に果物を持って行ってあげようか(带些水果给你作礼物吧。)。"

"はい,持って来てください(好,请带来吧。)。"这时的"はい"也可以换成"ええ"。"はい"比较有礼貌,或者说有恭敬之感。当被问到"作文写好了吗?"、"您出席明天的会吗?"或"喜欢旅行吗?"等时,"はい"和"ええ"均可使用。可是说"'そこにいるのはだれ(谁在那儿?)。'"、"'はい,三郎です(噢,我是三郎。)。'"的时候,把"はい"说成"ええ"就不自然了。

"おはようございます(早上好!)。"、"はい,おはよう(噢,早!)。"、"じゃ,さよなら(那么,再见!)。"、"はい,お気をつけて(好,请多当心!)。"等句中的"はい"好像也不能换成"ええ"。

这么一想,似乎可以得出以下结论:

"はい"是应酬对方话语的回答,而"ええ"则是在应酬对方谈话的同时,认可并肯定其内容的回答。当被问到"谁?"或"什么时候?"时,不会有需要认可或肯定的内容,所以能用"はい"而不能用"ええ"。

说"早上好!"或"再见!"这种寒暄话时,谁会考虑认可或肯定其内容呢? 所以这种场合也不能用"ええ"。

刚才说过,"はい"和"ええ"都可以使用的场合是它们在"肯定的答复"这一点上是共同的。但这是指在文理上"はい",同时自然地表示肯定意义的场合。

以上暂且算是我的结论吧。可是又一想,"はい"和"ええ"都不仅是答复,还有随声附和的用法,容易混淆。如果原本以为对方承认了,给了肯定的答复,而实际上只是单纯的随声附和,岂不要产生重大误解? 欧美人倾向于听对方谈话时不随声附和。即使随声附和也不用"yes"之类的词。为此,他们有时责怪说:"日本人常说'yes,yes',可实际上既不肯定,也不赞成,言行不一致。"我们以为将"はい"和"ええ"等同于"yes"随意使用,会造成国与国之间的不信任,虽不能一概而论,但切不可轻易使用"yes"。

"老师,'夢を見る'是惯用语吧?"

听了这话,我不由得一怔。这个问题是在有留学生参加的课堂上讨论惯用语问题时,一个中国留学生提出来的。

惯用语是套话的一种,有各种形式。例如"羽を伸ばす(展翅)",它已脱离

了鸟儿舒展翅膀的原意,用于比喻摆脱束缚,自由自在、随心所欲的意思。像这样用于比喻的惯用语,还有"腹が立つ(生气)"、"心を打つ(感动)"、"鼻にかける(自豪)"等等。

　　与之相反的有一种非常常用的约定俗成的固定搭配式的说法。如"電報を打つ(打电报)"、"いや気がさす(厌烦)"、"気がつく(发觉)"等。这些与比喻性惯用语不同,并没有失去原来的意义,但词与词之间的搭配却是固定的。"夢を見る"也属于这类惯用语。对我们日本人来说"夢"只能是梦见(見る)的东西,用于"いやな夢を見た(做了个讨厌的梦)"、"夢に母を見た(梦里见到了妈妈)"等,虽然也有"夢のない時代(毫无希望的时代)"、"夢と知っていながら(明知是幻想)"的说法,但我们仍认定"梦"本身就是"梦见"的东西,司空见惯,所以反而忽略了它。

　　那位学生补充说:"中国是说'做梦',一般不说'夢を見る(看梦)',所以觉得挺有意思。"我问了几个其他国家的留学生,有的语言是类似中国式的说法,有的语言像英语那样用"dream"一个词来表示,还有的语言用日语式的"見る"的说法。我学到了各种各样的说法。

发牢骚/拒绝

会　话　(1)

两个人什么时候去钓鱼? 女的决定做什么? 男的做什么?

男:嗨,我们什么时候去钓鱼吧?

女:好吧。但是,恐怕要早起吧,早起的话就有点……

男:不用担心,因为我们可以在前一天出去。

女:夜里开车,我可不行。

男:我开车不就行了吗?

女:也是,既然你来开车,那我就去吧。下星期六怎么样?

男:嗯……那一天有点事……

女：那么，下下周的星期六呢？

男：好，就这么定了。

女：我带饭团和果汁去。

男：果汁啊……

女：知道了，知道了。要带上啤酒，是吧？

会 话（2）

一位女士深夜拜访住在隔壁的男士。为什么？当时，该男士正在做什么？

女：晚上好。现在方便吗？

男：请进。加班晚了，正要吃晚饭。

女：工作很辛苦吧？其实，我们家的老人晚上睡得早……

男：老太太已经休息了吗？

女：是的，她说电视机的声音有点吵，睡不着，所以我才……

男：我的电视机声音太响了？

女：啊，有点……而且给棒球加油的声音有些……

男：太对不起了，我一点没注意……以后我一定会注意的。

第24课　自然观的差异

日本人喜爱自然。这是因为日本人都认为自然是基本上极其美丽的。不过不单只有日本人，即使在欧洲等地区，认为自然是非常美丽的思想也屡见不鲜。自然有其美丽的一面，也有丑恶的一面，总之有很多面。但这之中，至少说美丽的确是极为重要的一面。问题是，同样是美，那么什么为美，美的标准放置在哪？将日本和欧洲的文明相比较来看，我们注意到在这点上（两者）有迥然不

同之处。

欧洲人中，至少那些曾在文化发展中起过重要作用的人看作是自然之美的根据的东西，有时日本人反而不会认为其美丽。欧洲近代科学的先驱者，例如哥白尼、伽利略和牛顿等人研究自然，开启了近代自然科学之源，他们共同持有的信仰中有一个共同的信念：所谓自然，是他们信奉的基督教的主所创造的东西，正因为自然是伟大的神的创造物，所以它们美得壮观，以不负于神的智慧（的创造物）。他们相信，更详细、更具体地了解自然是如何地美丽，并告诉世上的芸芸众生，创造了如此美丽的自然的主，他的智慧是有多么高深，这是作为基督徒的使命。此外，（他们想要告诉世人）自然之美贯穿着一定的井然有序的法则。打个比方说，就像是用规尺划出来般井然有序而有规则的自然界，在那里发生的现象没有不合乎法则的。而这才是自然之美的内容，它证明创造出它的神是伟大的。

然而这样的想法在日本的文化传统中是不存在的。日本人看自然时认为自然的实态才是至善至美的。（这样）反而是越不规则的东西越觉其美。比如：松树的枝条造型各各不同地伸展着十分复杂的曲线，很难用规尺来划的，我们认为这才是美的，在这点上，不得不说西方文明所包含的自然之美的内容同日本人感觉的美的内容十分地不同。

若要研究西方自然科学的历史，必须将这个差异作为前提来思考。若用日本人的美来先入为主地思考，就会错误地认为所谓近代科学就是和自然之美无缘的，仅仅是以实用、方便为目标的东西。从根本上讲，近代科学、自然科学实际上当然是同对自然之美的认识有密切关系的，可日本人看了近代科学各种各样的理论、学说之后，终究无法将其与自然之美联系起来，结果造成了对自然科学的偏见：认为它虽然很方便也很有用，却枯燥无味。

拒绝建议

会 话 (1)

客人买了什么和什么？都要求配送了吗？

男店员：欢迎光临。

女客人：我想买一箱桔子，请让我尝一下味道。

男店员：好，请尝尝看，又甜又好吃吧？

女客人：是啊。那就请把这个发送一下。送到我大阪的亲戚家。

男店员：那您能否填一下这张急件配送单？

女客人：嗯……这样行吗？

男店员：您想夜间配送吗？

女客人：什么夜间配送？

男店员：最近，有很多人家太太也去上班了，白天没人在家，所以有人要求
　　　　在晚上配送。

女客人：原来如此。不过这样就可以了，因为奶奶在家。嗯……然后我还
　　　　要这个西瓜。

男店员：要配送吗？

女客人：不必了，我开车来的。

会 话 (2)

乘务员在同怎样的乘客说话？

乘务员：喂，客人，到终点站了，请起来。

客人　：我知道了，不必这么大声讲啊。

乘务员：能走吗？请扶着我的手。

客人　：没事没事。我一个人能走。

乘务员：可您好像喝了很多酒，危险啊。

客人　：没关系的。我走得稳稳的。厕所在这儿吗？

乘务员：啊，不是。请稍等。我给您带路。

客人　：不用不用。我自己能去。

乘务员：叫辆出租车吧。

客人　：不要不要。我走着回去。

第 25 课　现代科学和人类

　　近来"科学是否真的会给人类带来幸福"常常成为话题，但要想充满自信地对此做出一个回答却决非易事。且不说 19 世纪的人，对于生逢 21 世纪的我们来说，谁也不能断言科学是否必定导致人类的幸福。这是因为根本就没有什么能保证科学的进步肯定能使人类幸福。所谓科学就是不断开拓展现在人类面前的未知世界的过程中所做出的努力的表现，是对于人类新的可能性的发现。未知的世界中究竟有什么？新的可能性的发现是否一定导致人类幸福？这种保证本来就没有。它既有可能是通往幸福与繁荣的发现，同时也可能是导致人类的灭亡或人性丧失的发现。

　　人类的幸福究竟是什么呢？这个问题是很难确切回答的。人类的喜怒哀乐是发自于人类内心深处的东西。此外，在很多情况下，也是发自于某一无法控制的地方，超越了人类的意识，无法反省。人类自身仍拥有着在人类成为人类之前就具备的某种东西。人类的喜怒哀乐和这些东西有着密切的关系。因此，当我们要解析人类幸福这道题目时，企图抛开这些问题而只用科学是肯定不可能得到答案的。

　　我们的理性通过深化自我，达到更深层次，才能够把人性更广阔的领域圈入合理思考的范围内。我想人类必须通过这样的努力将我们从可能发生于未

来世界的人性丧失或人性分裂（的危险中）拯救出来。我在暗想这大概就是所谓的现代人的智慧吧？

提出问题

会　话　（1）

这两人最后决定明天去干什么？

男 a：我想明天去看美式足球比赛……

男 b：谁和谁的比赛？

男 a：学生全明星队对职工全明星队。

男 b：是吗？ 好像挺有意思的，我能一起去吗？

男 a：当然可以了，很多人一起去才有意思吗！

男 b：哪方会赢呢？

男 a：双方都是很强的队，不好说啊！

男 b：比赛几点开始？

男 a：下午 5 点开始。

男 b：下雨的话也比赛吗？

男 a：是的。对了，你能替我买张预售票吗？

男 b：行是行，但我今天没带钱。

男 a：实际上我也是。没办法，买当场票吧！

会　话　（2）

父亲在问儿子有关大学生活的情况，什么样的大学生活呢？

父亲：武，大学生活快乐吗？

儿子：嗯，俱乐部的活动很有意思。

父亲：你参加了什么俱乐部？

儿子：国际学生俱乐部。

父亲：和外国学生交流吗？

儿子：嗯，是的，我想去留学。

父亲：趁年轻多经历点事情是很好，不过费用你自己想办法吧。

儿子：这我知道，所以现在在打工嘛。

父亲：你呀，尽忙着俱乐部和打工了，有没有好好学习啊？

儿子：不要紧，不要紧，学兄们会借给我笔记的。

第二册 练习答案

第 1 課

1. きちょう　　　　ちのう　　　　　　はったつ　　　　　ひなん
   ほげい　　　　　いけん　　　　　　ほにゅうるい　　　しんせい
   しゅうきょうじょう　　　　　　　　しげん　　　　　　しょうち
   がいしゅつ

2. 親しむ　　　　　乗り場　　　　　　面接　　　　　　　申し訳ない
   絡む　　　　　　呼び出し　　　　　確認　　　　　　　決定
   反対　　　　　　主張

3. クジラ　　　　　アメリカ　　　　　イギリス　　　　　タクシー
   メモ

5. (1) b　　　　　(2) b　　　　　　(3) c　　　　　　　(4) b
   (5) b

6. (1) 四時にまた電話します。
   (2) 男の人の車で行きます。
   (3) 期日を間違えました。

7. でございます　　　　と申します　　　　　なっております
   外出しております　　申しました　　　　　ご用事
   お伝えする　　　　　お話ししたい　　　　お伝えください
   承知しました　　　　いたします

8. (1) ②　　　　(2) ③　　　　(3) ②　　　　(4) ①
   (5) ③　　　　(6) ②　　　　(7) ②　　　　(8) ③

9. (1) 進める　　(2) 親しんで　(3) 確認　　(4) 甘え

第 2 課

1. さいかい　　　　　ちょくご　　　　　　　かんじん
　　きょうしゅく　　ぶつぶつこうかん　　きたい
　　えんぴつ　　　　ふっとう　　　　　　　つよび
　　ぎりにんじょう

2. 精一杯　　　　　　繰り返す　　　　　　　物足りない
　　済ます　　　　　煮込む　　　　　　　　先日膨らむ
　　滲みる　　　　　濁る　　　　　　　　　尽くす

3. ボールペン　　　　カーテン　　　　　　　ポイント
　　スープ　　　　　コツ

5. (1) c　　　　　　　(2) e　　　　　　　　　(3) b
　　(4) d　　　　　　　(5) f

6. (1) ④　　　　　　　(2) ②　　　　　　　　(3) ③
　　(4) ②

9. (1) 述べる　　　　　(2) 期待する　　　　　(3) 繰り返す
　　(4) 感じる　　　　　(5) 尽くす　　　　　　(6) 言い忘れた

第 3 課

1. いっしゅん　　　　せいき　　　　　　　しきさい
　　うすべに　　　　けいとう　　　　　　きゅうかく
　　じはだ　　　　　あんど　　　　　　　とうぜん
　　ちゅうしょう　　かげろう　　　　　　げんかく

2. 束の間　　　　　　味わう　　　　　　　嗅ぐ
　　彩る　　　　　　淡い　　　　　　　　告げる
　　石の鍋　　　　　落ち着く　　　　　　色づく

131

煙る

4. (1) d　　　　　(2) e　　　　　(3) a　　　　　(4) j

　　(5) g　　　　　(6) h　　　　　(7) i　　　　　(8) c

　　(9) f　　　　　(10) b

5. (1) ③　　　　　(2) ①　　　　　(3) ③　　　　　(4) ①

8. (1) ②　　　　　(2) ③　　　　　(3) ③　　　　　(4) ③

　　(5) ②

9. からすると　　　ほど　　　　　わけではない　　によって

　　ものだ

第4課

1. りょうり　　　　しゅみ　　　　　はたけ　　　　　えいきょう

　　しぼう　　　　　めずらしい　　　りよう

2. 工夫　　　　　　含む　　　　　　肉類　　　　　　大豆

　　通う

3. (1) b　　　　　(2) a、　c、　d

4. (1) 輸入　　　　(2) 加工した　　(3) 食品　　　　(4) 発明した

　　(5) 似ている　　(6) 伝え　　　　(7) 腐らした　　(8) 主として

　　(9) 田舎　　　　(10) 当時

6. (1) c　　　　　(2) a　　　　　(3) b

7. (1) どこか? ところ? 僕のうち、やめておく

　　(2) すみません、このあいだこちら、ばかり

　　(3) かっこう、すごく、あちらこちら

8. (1) b　　　　　(2) a　　　　　(3) c

第 5 課

1. さかや　　　　しょみん　　　どくとく　　　　ゆにゅうひん
　　くさる　　　　はつめい　　　ちち　　　　　　にゅうふ

2. 精進料理　　　寺院　　　　　遣唐使　　　　　淮南
　　異名

4. (1) c　　　　　(2) d　　　　　(3) b　　　　　(4) a
　　(5) e

5. (1) b　　　　　(2) c　　　　　(3) b　　　　　(4) a
　　(5) b

7. へ、を、が、を、を、が、に、は、へ、に

8. (1) 雨<u>が</u>降ったら? 運動会<u>は</u>中止
　　(2) なに<u>を</u>してんの/セーター<u>を</u>編んでいる/こんなの<u>が</u>ほしい/ガ
　　　　ールフレンド<u>を</u>見つけたら
　　(3) 写真<u>を</u>とって/ここ<u>を</u>押す
　　(4) 用事<u>が</u>あったら/声<u>を</u>かけてね/お電話<u>が</u>あったら

単元練習一

1. から　　　　　ぎょるい　　　かげろう　　　　しきさい
　　ゆびわ　　　　どろぼう　　　どくとく　　　　しょうじんりょうり
　　ぎり ふっとう

2. 貴重　　　　　神聖　　　　　幻覚　　　　　　安堵
　　講義　　　　　実習　　　　　発明　　　　　　庶民
　　再開　　　　　人情

3. (1) a　(2) b　(3) b　(4) d　(5) a　(6) d　(7) d　(8) c

4. 2　4　2

5.（1）田中さんは訪中団の一員として、昨年の秋北京を訪問した。

　　（2）平仮名はもちろん、漢字も書けます。

　　（3 彼に会いたくないのは彼を嫌うというわけではない。

　　（4）あの医者はどの患者に対しても熱心です。

　　（5）それはただ健康に悪いのみならず、不経済でもある。

第 6 課

1. きげん　　　　　きげん　　　　　かはん　　　　　でんとう
　 ことば　　　　　えど　　　　　　りゅうこう　　　めいじ
　 しゃくよう

2. 栄える　　　　　試みる　　　　　誇る　　　　　　歴史
　 実は　　　　　　正しい

3. チグリス　　　　ユーフラテス　　ギリシャ　　　　ドイツ
　 オランダ

5.（1）b　　　　　（2）f　　　　　（3）e　　　　　（4）a
　 （5）i　　　　　（6）h　　　　　（7）j　　　　　（8）c
　 （9）g　　　　　（10）d

8.（1）持ってって　　　　　　　　（2）ついてって
　 （3）つれてって　　　　　　　　（4）でてって

9.（1）おとし　　（2）よごれ　　（3）まちがえ　　（4）かまれ

第 7 課

1. しごと　　　　　ぶじ　　　　　　ふろ　　　　　　ぞんじ
　 やけいし　　　　せつ　　　　　　ふうしゅう　　　ふた
　 かたち

2. 訛る　　　　　　室　　　　　　　膝　　　　　　　湯

　　　形式　　　　　　赤土

4. (1) c　　　　　　(2) a　　　　　　(3) b

6. (1) b　　　　　　(2) d　　　　　　(3) a　　　　　　(4) c

7. (1) 学校がきらいだって。

　　(2) 体の調子が悪いって。

　　(3) 新しい学校に変わるって。

　　(4) 学校をやめることになったって。

　　(5) 留学するつもりだって。

8. (1) 映画っておもしろいですね。

　　(2) 音楽って世界共通ですね。

　　(3) 川田さんってほんとにいい人ですね。

　　(4) 外国語って難しいものですね。

9. いつものところって?

第8課

1. ないしょ　　　　さんせつ　　　　ごまかし　　　　じだいもの
　　あくぎょう　　　ごび　　　　　　ばんのう

2. 実際　　　　　　美味　　　　　　高野山　　　　　止むを得ず
　　呼び名

3. (1) ×　　　　　　(2) ○　　　　　　(3) ×　　　　　　(4) ○
　　(5) ○

4. (1) ○　　　　　　(2) ×　　　　　　(3) ○　　　　　　(4) ○
　　(5) ×　　　　　　(6) ×

6. (1) 調べてみたらどうですか。

　　　駅に問い合わせてみたらどうですか。

　　(2) 奥さんともよく話し合ってみたらどうですか。

　　　もう一度考え直してみてはどうですか。

7. はずして　むいて　あけて　体はかって

8. (1) 変えてもらったら

(2) 行ってみれば

(3) 聞いてみたら

第 9 課

1. たてまえ　　　ほんね　　　げんどう　　　かおく

おもてむき　　いみ　　　　ぶしょう　　　よくとし

あいだ

2. 雑誌　　　　　伴う　　　　　建築　　　　　胸

髪を伸ばす　　就職が決まる

3. (1) ○　　　　　(2)○　　　　　(3) ○　　　　　(4) ×

(5) ×

4. (1) b　　　　　(2) c　　　　　(3) b　　　　　(4) c

(5) a

7. (1) e　　　　　(2) a　　　　　(3) d　　　　　(4) b

(5) c

8. (1) f　　　　　(2) a　d　　　(3) c　　　　　(4) b

(5) j　　　　　(6) i　h

第 10 課

1. げんかん　　　かみ　　　　　かみ　　　　　まかふしぎ

かおく　　　　ぶっしょ　　　しゅぎょう　　しょいんづくり

いっぱんか　　むよう　　　　ちょうぶつ　　かけじく

2. 示す　　　　　建築術　　　　形態　　　　　常識

座敷　　　　　装飾　　　　　狭める

3. (1) ○　　　(2) ○　　　(3) ○　　　(4) ×
　　(5) ×

4. (1) a　　　(2) b　　　(3) a　　　(4) c

7. b　a　d　c

単元練習二

1. さか　　　　こころ　　　　ゆうりょく　　　さそ
　　ないしょ　　あくぎょう　　かたぎ　　　　しんけん
　　ぶっきょう　げんみょう

2. 伝統　　　　借用　　　　無事　　　　風習
　　辞表　　　　携帯　　　　音色　　　　白書
　　建築　　　　修行

3. (1) c　(2) c　(3) c　(4) b　(5) b　(6) c　(7) b　(8) a

4. 4　4　3

5. (1) あの人は早口で、聞き取れにくいです。

　　(2) みんなは日本文化について検討しました。

　　(3) その本はもう読み終わりましたか。いいえ、読みかけてい
ます。

　　(4) 親と相談した上で、留学することにしました。

　　(5) 中国といえば、万里の長城を思い出します。

第 11 課

1. ほうげん　　こんどう　　とうほくべん　ひびや
　　しぶや　　　とでん　　　しゃしょう　　いきさき
　　なごや　　　やど　　　　しょち　　　　はれつ
　　にんぷ

2. 悲鳴　　　　　親方　　　　　　関西　　　　　　焚き火

　　失う　　　　　関わる

3. アナウンス　　ダイナマイト　アクセント

4. (2) 新米の人夫　ダイナマイト

6. ぎょっとする　よく考えてみると　なるほどとうなずける　問題に

なる悲鳴をあげる　あたら一命を失う　生命に関わる

8. (1) b　　　　　(2) e　　　　　(3) c　　　　　(4) a

　　(5) d

9. (1) でも　　　　(2) とか/なんか　　　　　　　(3) とか

　　(4) でも　　　　(5) でも

第 12 課

1. せいろん　　　　ただしい　　　　きょくろん　　　　まげる

　　いちわりびき　　かんばん　　　　けっきょく　　　　はいせき

　　しょうち

2. 翌日　　　　　頼む　　　　　　感情　　　　　　掲げる

　　残念　　　　　返す

3. シャツ　　　　ネクタイ

5. (1) 修行　　　(2) かつて　　(3) 取り交わす (4) 単に

　　(5) いかめしい

7. (1) こちらにお座り下さい。

　　　　中学生はたいへんだね。

　　　　電車の中でも……感心だね。

　　　　もうすぐ試験があるんです。

　　(2) ご結婚なさったそうで、おめでとうございます。

　　　　そんなに気を使っていただいては困ります。

　　　　新婚旅行はいかがでしたか。

本当にすばらしかったですよ。

8. (1) b　　　　　(2) c　　　　　(3) d　　　　　(4) e
　 (5) a

9. (1) e　　　　　(2) a　　　　　(3) c　　　　　(4) d
　 (5) b

第 13 課

1. しぜん　　　　やちょう　　　　わたりどり　　　こうしゃ
　 まわり　　　　ふやす　　　　　ちょうさ　　　　がくしゅう
　 まなぶ　　　　にんげん

2. 囲む　　　　　巣　　　　　　　質問　　　　　　仲良く
　 観察　　　　　壊す　　　　　　知識

4. (1) めずらしい (2) 住まい　　　(3) 人気　　　　(4) 常識
　 (5) 装飾

6. (1) c　　　　　(2) a　　　　　(3) d　　　　　(4) b

7. c　b　d　a

第 14 課

1. たいよう　　　　　　ちきゅう　　　　　　ささえる
　 せいぞんじょうけん　にさんかたんそ　　　おんだんか
　 すいぼつ　　　　　　きせき

2. 気候　　　　　　　　簡単　　　　　　　　備える
　 人類　　　　　　　　氷　　　　　　　　　極地

3. バランス　　　　　　コース　　　　　　　パソコン

5. (1) c　　　　(2) c　　　　(3) a　　　　(4) a

7. (1) d　　　　(2) c　　　　(3) a　　　　(4) b

8. (1) d   (2) c   (3) b   (4) a

第 15 課

1. みどりのまどぐち   よきんこうざ   おきなわ
   さっぽろ   ばんぐみへんせい   たんじかん
   いっさつ   かつやく

2. おかげ   通信回線   旅
   旅行   機会   身近
   大変

3. コンピューター   マスコミ   オンライン
   システム   ラジオ   テレビ

4. (2) ×

5. (1) c   (2) a   (3) b
   (4) b

7. (1) きらし   (2) ふさがっ   (3) おい/きる

単元練習三

1. うなず   しんまい   さいまつ
   かんばん   かんさつ   こうしゃ
   へんせい   そくざ   こしょう
   ほろ

2. 湿る   処置   感情
   陥る   神社   特徴
   紙面   水道   初心者
   増す

3. (1) b (2) c (3) c (4) c (5) c (6) c (7) d (8) d

4. 2 2 3

5. (1) 若いうちに、いろいろ勉強しなさい。

(2) 社長からの誘いだから、断るわけにはいかない。

(3) 彼の入社をきっかけに、会社の営業成績は伸びていた。

(4) 先生のおかげで、北京大学に入学できました。

(5) あなたと結婚するくらいなら、むしろ死んだほうがいい。

第 16 課

1. あく　　　　　　　すわる　　　　　　　こむ

ちゅうもん　　　　しんぱい　　　　　　たつ

きぶん

2. 問1（1）　　　　　問2（4）　　　　　問3（2）

問4（1）　　　　　問5（2）

4. このごろはね、いろんな健康食品が売り出されていてね、ずいぶん多くの人が愛用しているようだけどね、ほんとに体にいいのかどうかっていうとね、どうも分からないみたいだよね。体をこわすひともいるそうだから、気をつけたほうがいいじゃないかな。

5. ただいまですね、お年寄りの食事や風呂のお世話をしてくださるボランテイアをですね、捜しているのですが、ご希望の方はですね、市役所までお葉書でお申し込みください。葉書にはですね、お名前ご住所と共に、ご都合のいい曜日と時間をですね、書き込んでいただき、今月末までにですね、お申し込み下さい。

1. めぐりあい　　　　いきかた　　　　まなびとる
　　しんるい　　　　　すぐれる　　　　なつかしい
　　ほうび
2. 進む　　　　　　　人間　　　　　　大人
　　大切　　　　　　心掛け　　　　　求める
3. (1) に　　　　　　(2) な　　　　　(3) に
　　(4) に　に　　　(5) に　を
4. (1) c　　　　　　(2) a　　　　　(3) b
　　(4) b　　　　　(5) c
6. (1) そうですか　そうでしょうね
　　(2) うん　へえ　それで　そうだろうな

1. いちにんまえ　　　むだ　　　　　　てま
　　おとな　　　　　　やおや　　　　　さしみ
　　すがた　　　　　　おおげさ　　　　でんとう
　　こども
2. 関わり　　　　　　荷物　　　　　　運ぶ
　　砂漠　　　　　　預かる　　　　　調理
　　冷凍　　　　　　囲む
3. アラビア　　　　　パック　　　　　サケ
　　ブリ　　　　　　スーパー　　　　ハマチ
　　メジロ
4. (1) と　　　　　　(2) に　に　に　　(3) に　から

(4) を まま が　(5) の で に　(6) で を に

(7) から ある など (8) でさえ なら

5. (1) c　　　　　(2) c　　　　　(3) b

(4) a　　　　　(5) a

6. c a b d f e

7. 名前と住所と電話番号を書くん　封をするん　はんこを持ってこな

かったんです

第 19 課

1. さいせい　　　こんだんかい　　　そうごう

ふとうこう　　　ちゅうたい　　　ほうち

きょうちょう　　せっきょく　　　ほしょう

れんけい　　　たいおう　　　はいち

ようせい　　　けいぞく　　　せきにん

しゅうろう

2. 漏れる　　　密接　　　出向く

活力　　　招く　　　講じる

相互　　　設ける　　　傾向

揺らぐ

3. イベント　　　データ　　　グラフ

フリーター　　　ニート

5. (1) に へ が　(2) と に と　(3) に が から

(4) が の を　(5) に に が

7. (1) d　　　　　(2) a　　　　　(3) e

(4) b　　　　　(5) c

8. (1) ④　　　　(2) ①　　　　(3) ④

(4) ③

9. (1) 因为有约会,今天请让我先回去。

(2) 被人请求教(他)日语。

(3) 你就不能把名字写得清楚一点吗?

(4) 星期天的时候帮我一下忙好吗?

(5) 等洋子回来后,能(帮我)把这个给她吗?

(6) 很任性的要求,请您等一个星期。

(7) 妈妈,回来时给我买本图画书吧。

(8) 也借一本那个书给我吧。

(9) 我想请李老师(帮我)改日语作文。

(10) 请对我二子说:"早点回来。"

第 20 課

1. きみょう　　　　ひょうご　　　　りえき
   たいだ　　　　　ほうき　　　　　しせい
   むちゃ　　　　　じゅうじゅん　　すいしん
   げんそう　　　　はんもん　　　　ぼうけん

2. 夢見る　　　　　賢い　　　　　　逆らう
   眺める　　　　　違和感　　　　　世知辛い
   一発　　　　　　競う　　　　　　拷問
   馬鹿馬鹿しい

4. (1) に　の　に　　(2) と　と　に　　(3) に　に　に
   (4) に　に　　　　(5) で　が

6. (1) d　　　　　　(2) c　　　　　　(3) a
   (4) e　　　　　　(5) b

7. (1) ④　　　　　　(2) ②　　　　　　(3) ②
   (4) ③　　　　　　(5) ①　　　　　　(6) ①

8. (1) 聞く　　　　　(2) 降って　　　　(3) うつされた

（4）知らない

単元練習四

1. るすばん　　　　　　うけづけ　　　　　　しんるい
　ほうび　　　　　　　やおや　　　　　　　てま
　けいぞく　　　　　　しゅうろう　　　　　ごうもん
　あんか

2. 気分　　　　　　　　注文　　　　　　　　暖炉
　患者　　　　　　　　誤解　　　　　　　　調理
　口座　　　　　　　　放置　　　　　　　　困難
　根源

3.（1）b　（2）b　（3）c　（4）c　（5）c　（6）c　（7）c　（8）d

4. 1　1　4

5.（1）この道路は通学時間帯に限り、通行止めになります。

　（2）夕べ遅くまで起きていたので、眠くてたまらない。

　（3）成績が上がるどころか、下がる一方です。

　（4）お酒を飲んでから運転しては事故を起こしかねない。

　（5）それはただの口実にすぎない。

第 21 課

1. ぼく　　　　　　　　がか　　　　　　　　さいのう
　おもしろい　　　　　こちょう　　　　　　くさばな
　とうき　　　　　　　つぼ　　　　　　　　たいがい
　くうそう　　　　　　そら　　　　　　　　ばれいしょ
　てぢか　　　　　　　りんかく　　　　　　きょうみ
　びみょう　　　　　　でかた

2. 筆　　　　姿　　　　形　　　　　不思議
　 心込める　　幸せ　　　　喜ぶ

3. (1) を　が　　(2) で　に　　(3) に　く　く (4) に
　 (5) に　を

5. (1) d　　　　(2) a　　　　(3) b　　　　(4) c

6. (1) c　　　　(2) a　　　　(3) b　　　　(4) d

7. ね　よ　ね　ね　よ

第 22 課

1. こうざんしょくぶつ　　　　はなばたけ　　やま
　 とざん　　　なつかしい　　かれん　　　　なにげなく
　 びん　　　じもと　　　じしん　　　じしん
　 かいがん

2. 咲き乱れる　　摘む　　　　押花　　　　砂浜
　 日差し　　　捨てる　　　割る

3. (1) a　　　　(2) b　　　　(3) d

6. (1) 本日はパーテイにお招きいただきまして…
　 (2) 課長に昇進なさったそうで…
　 (3) 日本へきたばかりでわからないことばかりで…
　 (4) 先日酔っ払ってご迷惑をかけで…

7. (1) 恐れ入ります
　 (2) ごぶさたいたしまし(て)
　 (3) ごちそうになりまし(て)
　 (4) 遅くなりまし(て)
　 (5) けっこうなものを送っていただきまし(て)

第 23 課

1. いわゆる　　　ならう　　　　　したしい　　　ふる
　　ねんぱい　　　とうぜん　　　　あたりまえ　　ぞくご
　　ようじ　　　　ていねい　　　　きょうつう　　ともに
　　あるいは　　　かしこまる　　　さぶろう　　　ぶんみゃく
　　いちおう　　　まぎらわしい　　きらく　　　　たのしい
　　ばね　　　　　いやけ

2. 国際　　　　　教わる　　　　　別れる　　　　承認
　　場合　　　　　誤解　　　　　　欧米人　　　　類
　　非難　　　　　交える

4. (1) を　に　に　が　　　　　　(2) も　も　に
　　(3) が　の　の　　　　　　　　(4) は　と　を

6. (1) c　　　　(2) a　　　　(3) d　　　　(4) b

7. (1) d　　　　(2) a　　　　(3) b　　　　(4) c

第 24 課

1. もっとも　　　みにくい　　　じゅん　　　ぶんめい
　　やくわり　　　はたす　　　　こんきょ　　　しんこう
　　せんくしゃ　　せけん　　　　そんざい　　　しめい
　　いだい　　　　しこう　　　　じょうぎ　　　つながる

2. 際　　　　　　確か　　　　　研究　　　　神
　　知恵　　　　　立派　　　　　先入観　　　無縁
　　目指す　　　　陥る　　　　　偏見　　　　抱く
　　味気ない

3. コペルニクス　ガリレオ　　　ニュートン　　ヨーロッパ

キリスト

5. (1) に が　　　　　　　　　(2) を　と　を　に
　　(3) と　を　に　　　　　　(4) が　に
　　(5) と　を　に

7. (1) c　　　　(2) e　　　　(3) a　　　　(4) b
　　(5) d

8. (1) d　　　　(2) e　　　　(3) a　　　　(4) b
　　(5) c

第 25 課

1. こうふく　　　　ようい　　　　せいき　　　　かいたく
　　どりょく　　　　はっけん　　　　はめつ　　　　そうしつ
　　おくふかい　　　はんせい　　　きどあいらく　　ちんせん

2. 進歩　　　　　現れ　　　　従って　　　　場合
　　割り切る　　　深める　　　進む　　　　知恵

3. (1) を　に　　(2) に　に　に (3) から
　　(4) を　も　ところ　が　　(5) に　に　を

4. (1) a○　　　(2) b○　　　(3) a○　　　(4) b○

5. (1) d　　　(2) e　　　(3) b　　　(4) c
　　(5) a

6. (1) b　　　(2) a　　　(3) c　　　(4) d
　　(5) e

7. a d c b

単元練習五

1. がか　　　　　りんかく　　　　じもと　　　　　　つ
   ねんぱい　　　ぞくご　　　　　さい　　　　　　　じょうぎ
   はっけん　　　はんせい

2. 空想　　　　　才能　　　　　　花畑　　　　　　移動
   共通　　　　　幼児　　　　　　知恵　　　　　　松
   用意・　　　　進歩

3. (1) d　(2) d　(3) a　(4) b　(5) a　(6) c　(7) d　(8) c

4. 2　1　2　2

5. (1) もし、私の言ったことに何か失礼があったとしたら、深くお詫び
   します。
   (2) 大変だと知っていながら、やってみようと思う。
   (3) 人間が火星に住むのは起こりうることだ。
   (4) 本日をもって閉店いたします。
   (5) 会社に勤めていると同時に、夜専門学校に通っている。